世界少年经典文学丛书

环游黑海历险记

[法]凡尔纳　著

侯鹏飞　编译

中国出版集团　现代出版社

图书在版编目（CIP）数据

环游黑海历险记／（法）凡尔纳（Verne,J.）著；侯鹏飞编译. —北京：现代出版社，2013.2

ISBN 978 - 7 - 5143 - 1319 - 2

Ⅰ.①环…　Ⅱ.①凡…②侯…　Ⅲ.①科学幻想小说 - 法国 - 近代 - 缩写　Ⅳ.①I565.44

中国版本图书馆 CIP 数据核字（2013）第 021786 号

作　者	凡尔纳
责任编辑	李　鹏
出版发行	现代出版社
通讯地址	北京市安定门外安华里 504 号
邮政编码	100011
电　话	010 - 64267325　64245264（传真）
网　址	www. xdcbs. com
电子邮箱	xiandai@ cnpitc. com. cn
印　刷	三河市嵩川印刷有限公司
开　本	700mm×1000mm　1/16
印　张	9
版　次	2013 年 2 月第 1 版　2021 年 8 月第 3 次印刷
书　号	ISBN 978 - 7 - 5143 - 1319 - 2
定　价	29.80 元

序　言

　　孩子是未来的希望，是父母心中的天使，是充满快乐的精灵。小学阶段更是孩子最快乐的时光，是孩子成长发育的黄金阶段。为了让孩子学习更多的课外知识，享受更加丰富的学习乐趣，我们策划了本丛书！

　　从小让孩子多读课外书，对培养孩子健康的心态和正确的人生观无疑将起着非常重要的作用。自《语文课程标准》公布以来，不少富有敬业精神、有才干的教师，在他们的教学中，担当起阅读教育的重担。他们在严谨的选材中，利用丰富的文学资源，向学生推荐了大量优秀的课外读物，实施了以"练成阅读和作文的熟练技能"为重要内容的阅读教育。大千世界充满了丰富的知识。阅读能丰富小学生的语文知识，增强阅读能力，提高写作水平，开阔视野，增长智慧。阅读本丛书，能够使孩子享受到阅读的快乐，激发起更浓厚的阅读兴趣，孩子的生活将充满新的活力与幸福！本丛书精选了世界名著和中国经典书目中流传最广、影响最大、最脍炙人口的作品，是培养小学生理解能力、记忆能力、创造能力的最佳课外读物。

　　最后需要指出的是，本丛书把世界上流传甚广的经典童话、寓言等也尽收其中，并将这些文学作品重新编写审订，使作品在不影响原著的基础上更适合少年儿童阅读，在丰富他们课余生活的同时提高语言和文字表达能力。本丛书通过科学简明的体例、丰富精美的图片等有机结合，使小读者不仅能直观地领略作品的精髓，而且还能获得更为广阔的文化视野和愉快体验。希望本丛书能成为孩子生活的一缕阳光照亮孩子前进的道路，能成为一丝雨露滋润孩子纯净的心灵。

编　者

目　录

第一章

　　范·密泰恩和他的仆人布吕诺正在散步，漫无目的的观望和聊天，对正在发生的事情一无所知。

　　君士坦丁堡的托普哈内广场向来因人群的来往和喧哗而繁华无比，但是在 8 月 16 日那天晚上六点钟，却不知道为什么静悄悄的毫无生气，似乎是一片荒凉。从通向博斯普鲁斯海峡的港口看下去，依然能发现它迷人的景色，可是里面却没有什么人。最多有一些外国人急匆匆走过，走在狭窄、肮脏、泥泞、还有黄狗挡路的通往佩拉郊区的小街。那个地方是专门留给欧洲人住的，石砌的房屋在丘陵上柏树林的衬托下显得黑白分明。

　　这座广场向来风景如画——即便没有花花绿绿的服装来显出它的近景——美丽得让人眼醉心迷：它的穆罕默德清真寺有着又细又长的尖塔，阿拉伯式的美丽喷泉如今只看得见天穹般的小屋顶。这里的店铺出售各类果汁冰糕和糖果，堆满了南瓜、士麦拿的甜瓜、斯库台的葡萄的货架，与香料商和卖念珠人的各式各样货摊形成了对比。它的港口里停放着几百只五颜六色的轻舟，双桨在桨手交叉的双手下面与其说是击打，还不如说是轻轻地擦过金科尔纳和博斯普鲁斯海峡的蓝色的海水。

　　但是这个时间，这些经常在托普哈内广场无事闲逛的人到哪里去了？这些美丽的戴着卷毛羔皮帽子的波斯人，这些穿着白褶裙、非常优雅的晃来晃去的希腊人，这些似乎永远穿着军装的切尔克斯人，这些在绣花上衣的开口处露着被阳光晒得焦黄的皮肤的阿尔诺特人，最后还有这些土耳其人，这些奥斯曼帝国的土耳其人，古代拜占庭人和老伊斯坦布尔的后代，他们都到哪里去了？

自然不必去问这两个西方的外国人，现在正鼻子朝天，露出询问的表情，迈着犹豫的步伐，可以说是寂寞地在广场上漫步：他们是不知道发生了什么事的。

但是事情还不止这样。就是在港口以外的其他城市里，一个旅游者也可以体会到这种独特的被遗弃般的寂静，在古老的宫殿和由三座浮桥与左岸相连的右岸上的托普哈内码头之间，打开了金科尔纳这个深深的缺口，在它的对面整个盆地般的君士坦丁堡好像都睡着了。这么说没有人在布尔努宫值夜班？在阿哈默德、巴伊兹迪埃、圣索菲亚、苏莱玛尼埃这些清真寺里，就不再有信徒、哈吉①、朝圣者？塞拉斯基拉钟楼的守护，也就和他的守护加拉塔钟楼的同事一样，尽管都负责观察城里经常发生的火灾，但还在睡他的午觉？的确，虽然奥地利、法国、英国的汽船船队，客轮、轻舟、汽艇都挤满了浮桥和地基浸泡在金科尔纳的海水里的房屋四周，却连港口的忙个不停的活动都像是出了一些问题而停止了活动。

难道说这就是被人们如此赞扬歌颂的君士坦丁堡，这个因为君士坦丁一世②和穆罕默德二世③的意愿而实现的梦想？这正是两个在广场上孤独地漫步的外国人所思考的问题，他们不回答这个问题，并不是因为不懂这个国家的语言。他们懂得的土耳其语就足够用了：一个是二十年来一直在商务往来中使用这种语言；另一个虽然是以仆人的身份待在他的身边，但也是经常给主人当秘书的。

---

① 哈吉，指朝觐过圣地麦加的穆斯林。
② 君士坦丁一世，古罗马皇帝（约274—337），即君士坦丁大帝。他于330年放弃罗马，迁都拜占庭，并改名为君士坦丁堡。
③ 穆罕默德二世（约1430—1481），土耳其苏丹。1453年攻占君士坦丁堡，更名为伊斯坦布尔，是奥斯曼帝国的真正的建立者。

　　这两个都是荷兰人，出生在鹿特丹，杨·范·密泰恩和他的仆人布吕诺，奇异特殊的命运刚刚把他们推到了欧洲尽头的边界上。

　　范·密泰恩——每个人都知道他——是个四十五六岁的男子，金黄色的头发，天蓝色的眼睛，黄色的颊髯和山羊胡，没有小胡子，红润的面颊，鼻子显得稍微短了一点儿，头颅有力，肩膀宽阔，身材比一般人都高，肚子微微凸起，双脚虽然不优美但很结实——确实是一个正直的人，一个典型的荷兰人。

　　从精神上来说，范·密泰恩看上去可能有点软弱。不可否认的是，他属于这类脾气好、容易使人接近的人，也就是为了不与人争辩，在所有事情上随时准备让步，自始至终都是服从别人的。他们是温和并且稳重的人，人们一般会说他们没有毅力，尽管他们自己认为有毅力也不管用。他们的脾气并不会因为这些而变得更糟糕。有一次，虽然是他一生中唯一的一次，忍无可忍的范·密泰恩加入了一次争论，这造成了相当严重的后果。那一天他几乎变成了相反的个性，虽然这以后他又像回家一样恢复了他的个性。其实他当时如果让步可能会更好一些，假如早就知道会有什么样的结局的话，他肯定是不会迟疑的。但是人们根本没有办法预知未来的事情，这次事件将会成为永远的教训。

　　"到了吗，我的主人?"当两个人到达托普哈内广场的时候，布吕诺问他。

　　"你说呢，布吕诺?"

　　"我们已经到君士坦丁堡了!"

　　"不错，布吕诺，我们到君士坦丁堡了，也就是说离鹿特丹有几千里了!"

　　"您是不是终于感觉到，"布吕诺问他，"我们离鹿特丹已经足够远了?"

　　"我永远不会觉得离它太远的!"范·密泰恩回答时压低了嗓音，仿佛荷兰近得能听到他说话。

布吕诺是范·密泰恩的绝对忠诚的仆人。这个忠诚的人外表有点像他的主人范·密泰恩——至少在他的尊重所能许可的范围之内：这是很久以来一起生活形成的习惯。在二十年里，他们一直在一起，从来没有分开过。如果说布吕诺在这个家里还不如一个一般朋友的话，他绝对也不可能是一个仆人。他勤快而井井有条地快乐地效劳着，很愿意提出一些使范·密泰恩能够从中获得利益的建议，或者使主人听一些愿意接受的责备。但是，使他生气的是他的主人不管听从什么人的命令，从来不会反抗他人的意志，说来就是缺乏个性。

"您这样倒霉的！"他总是对主人说，"最后连我也要跟着您倒霉的！"

应该补充说明的是布吕诺虽然只有四十五岁，但生来喜欢待在家里，对于外出旅行之类的他从来不喜欢，这样累下去，人的身体就失去平衡，就会每天疲劳，逐渐消瘦，但是布吕诺有每个星期都有称量体重的习惯，想让他潇洒的仪表不受一点损伤。当他开始为范·密泰恩服务的时候，他的体重竟然还不到一百斤。因此对于一个荷兰人来说，他实在是瘦得没脸见人了。但是还不到一年的时间，靠着主人家里良好的饮食规律，他增加了十五公斤，就能够到处抛头露面。幸亏有他的主人，他现在才能有这么好的气色和一百六十斤的重量，这在他们荷兰人当中也相当不错了。再说应该谦虚一点，他打算到晚年再达到两百斤。

总之，布吕诺留恋他的家，他家乡的城市，他的国家——这个围海造地的国家——如果没有特殊的情况，他是永远不会心甘情愿地离开纽哈文运河上的温暖的家的，远离这个荷兰第一城鹿特丹，也被称为世界上最美丽的王国荷兰的。

是的，毫无疑问，非常真实的是在那一天，布吕诺已经到了君士坦丁堡、古代的拜占庭、土耳其人的伊斯坦布尔、奥斯曼帝国的首都了。

说到底，范·密泰恩是什么人物呢？——他只不过是鹿特丹的一个非常有钱的商人，一个烟草批发商，是哈瓦那、马里兰、弗吉尼亚、瓦利纳、波多黎各，尤其是马其顿、叙利亚、小亚细亚的质量好，品种优的产品的联名签署人。

到现在已有二十年了，范·密泰恩与君士坦丁堡的凯拉邦公司做着大笔的烟草买卖，该公司把它的高信誉质量优的烟草发往世界各地。与这个相当重要的商行密切往来，使这位荷兰批发商精通了土耳其的语言，即在整个帝国使用的奥斯曼语。他使用起这种语言来就像奥斯曼帝国的一位真正的公民，也像信士们的长官"摩莫南埃米尔"的一位大臣，绝对看不出他是一个外国人。布吕诺出于好感，正如上面所说的，他对主人的买卖一清二楚，说起这种语言来也同样流畅。

这两个怪人甚至有过约定，等他们到土耳其后，他们在没有其他人在场的情况下，说话只用土耳其语。所以除了他们的衣服之外，人们完全会把他们当成两个古老血统的奥斯曼人。这样的看法虽然使布吕诺不愉快，但会使范·密泰恩感到很快乐。

可是每天早晨，这个忠诚的仆人却愿意问他的主人：

"Efendum, emriniz ne dir?"

这句话的意思是："先生，您想要点儿什么？"后者就用熟练的土耳其语说：

"Sitrimi, pantabunymi fourtcha."

意思是："擦一擦我的礼服和长裤！"

因为上述缘故，我们就会知道，范·密泰恩和布吕诺在君士坦丁堡这座庞大的城市里来来往往不会有丝毫问题：首先是因为他们相当熟练地说着该国的语言；其次是他们在凯拉邦公司里必然会受到热情的接待，该公司的董事长已经到荷兰去了一次，而且在进行比较之后，同他在鹿特丹的合作伙伴建立了深厚的友谊。这可以说是范·密泰恩远离他的国家之后，考虑要到君士坦丁堡来定居的重要原因；当然也正因为这样，布吕诺二话没说跟着他来了，两个人现在才能在托普哈内广场上漫步。

在此刻的夜色里，路上开始出现了一些行人，但更多的是外国人而不是土耳其人。但是还是有两三个苏丹的公民一边走一边在聊天，一个建在广场深处的咖啡店的老板，慢慢腾腾地摆放着到现在还无人问津的桌子。

"一点钟之前，"其中一个土耳其人说道，"太阳将淹没在博斯普鲁斯海峡的海水里，到那时……"

"到那时，"另一个答道，"我们就可以吃饭、喝酒，特别是可以随意抽烟了！"

"时间有点太长了，这种斋月的斋戒！"

"像所有的斋戒一样！"

在不远处，两个外国人也在咖啡店前面悠闲地散步，同时在进行聊天：

"他们真叫人不可思议，这些土耳其人！"其中一个说道，"说实话，一个旅游者在这种不受人喜爱的封斋期里到君士坦丁堡旅游，会对马赫穆德的首府留下一种悲凉的感觉！"

"哼！"另一个辩解说，"伦敦的周末也不比这里愉快！土耳其人白天斋戒，他们就在夜里进行娱乐。随着宣告太阳落山的炮声、烤肉的香味、煎鱼的香气、长管烟斗和香烟的烟雾，使街道又出现了平时的模样！"

这两个外国人可能说得有一些道理，因为就在这个时候，咖啡店老板叫着他的手下人喊道：

"把一切都准备好！一个小时以后，斋戒的人就蜂拥而至，就不知道该听谁说话了！"

两个外国人接着说道：

"我不清楚，不过我觉得斋戒时期的君士坦丁堡看起来更加有意思！如果说这里的白天像行圣灰礼仪的星期三那样凄凉、阴郁、悲惨的话，它的夜晚却是像狂欢节的星期二那样开心、热闹、疯狂！"

"这的确是一种鲜明对比!"

当他们两人这样谈论的时候,土耳其人没有一个不羡慕地看着他们。

"他们真幸福,这些外国人!"其中一个说,"他们要是愿意就可以喝酒、吃饭和抽烟!"

"可能是这样,"另一个说,"可是他们这会儿没有一根羊肉串、一碗鸡肉烩饭、一块果仁蜜馅点心,就连一片西瓜或黄瓜都没有……"

"因为他们不晓得那些好地方在什么地方!花上几个皮阿斯特①总是能找到几个好商量的卖主,他们是得到马赫穆德二世②特许的!"

"用安拉的名义起誓!"这时一个土耳其人说,"我的香烟干瘪了,这并不是说我自愿丢掉几个巴拉③的拉塔基亚烟草!"

这个信徒不顾会招来的风险,也不受他的信仰的限制,掏出一支香烟点着后猛吸了两三口。

"小心!"他的同伴对他说,"要是现在有个不大有耐心的伊斯兰教学者,你……"

"好!我将烟雾吞下去就没事了,他是不会发觉的!"这人说。

他们继续散步,在广场上闲逛,然后走上不远处通向佩拉和加拉塔郊区的街道。

"显然,主人,"布吕诺叫道,同时向左右两边看着,"这个城市真奇怪!从我们离开旅店以来,我只见到一些居民的幽灵,君士坦丁堡人的幻影!街道上、码头上、广场上,所有的东西都在沉睡,就连这些干瘦的黄狗都没有力气站起来咬您的腿肚子了。行了!行了!无论旅游者们说什么,对旅行没有半点好处!我还是更喜欢我们漂亮的城市鹿特丹,还有我

---

①　皮阿斯特,货币名。

②　马赫穆德二世(1785—1839),奥斯曼帝国苏丹,曾反对安纳托利亚等地的封建分离运动。

③　巴拉,货币名,币值很低。

们古老荷兰的灰色的天空！"

"别着急，布吕诺，别着急！"平静的范·密泰恩答道，"我们刚到了一会儿！不过我承认，我梦想的决不是这个君士坦丁堡！我们认为快要进入东方的中央，沉浸在《一千零一夜》的梦幻之中，事实上却发现被囚禁在……"

"一个庞大的修道院里，"布吕诺接着说，"在许多像幽居的僧侣一样阴郁的人当中！"

"我的朋友凯拉邦会和我们说这些意味着什么！"范·密泰恩说。

"但是这会儿我们在哪里？"布吕诺问，"这是什么广场？这是哪个码头？"

"如果我没有猜错的话，"范·密泰恩说，"我们现在是在金科尔纳尽头的托普哈内广场。这里就是围绕亚洲海岸的博斯普鲁斯海峡，在港口的另一头可以看见宫殿的尖顶，跟在它的上方层层叠起的这座土耳其城市。"

"宫殿！"布吕诺叫道，"啊！这就是苏丹的宫殿，就是他和他的八万姬妾居住的地方！"

"八万，好多啊，布吕诺！我认为太多了——哪怕对于一个土耳其人来说也是这样！在荷兰，男人只有一个老婆，有时候在家里讲道理都不容易！"

"行了，行了，我的主人！我们不说这些了……这样的事情尽量少说！"

然后，布吕诺转向仍旧无人的咖啡店。

"唉！不过我好像看到那里有一个咖啡店，"他说，"到这个佩拉郊区来我们都疲倦了！土耳其的太阳热得像个炉口，如果我的主人要凉快一下，我不会感到惊讶！"

"你的意思是你渴了！"范·密泰恩说，"得，进这家咖啡店吧。"

两人在店门前的一张小桌子旁边坐了下来。

"老板在吗?"布吕诺叫道,同时用欧洲人的方式敲着桌子。

没有人出现。

布吕诺大声招呼。

咖啡店老板从店里出来了,可是没有急于走过来的样子。

"外国人!"他刚看见两个坐在桌前的顾客就小声说道,"这么说他们真的相信……"

他终于走近了。

"老板,来一瓶樱桃水,要非常新鲜的!"范·密泰恩吩咐道。

"得等炮声!"老板说。

"怎么,要等炮响才有樱桃水?"布吕诺喊道,"那就不要了,老板,来薄荷水!"

"如果没有樱桃水,"范·密泰恩又说,"就来一份玫瑰甜点心!如果我把它给我的向导,是最妙不过的了!"

"得等炮声!"咖啡店老板耸着肩膀又说了一遍。

"可他要等炮响是跟谁过不去?"布吕诺问他的主人。

"瞧!"主人说,他总是那么好说话,"如果没有甜点心,就来一杯木哈咖啡……一份果汁冰糕……您来什么都可以,我的朋友!"

"得等炮声!"

"得等炮声?"范·密泰恩重复了一遍。

"不能提前!"老板说。

他也不再说什么,回到店里去了。

"好了,我的主人,"布吕诺说道,"我们走吧!在这里将一事无成!您是否清楚了,这个蛮横的土耳其人,他是用炮声来答复您的!"

"走吧,布吕诺,"范·密泰恩说道,"我们肯定会找到一家更随和的咖啡店!"

就这样，两个人又回到广场上。

"再明显不过了，我的主人，"布吕诺说道，"此刻我们去见您的朋友凯拉邦大人已经不算太早了。他如果在他的商行里，我们就清楚该怎么办了！"

"不错，布吕诺，但是应该有点儿耐心！他们告诉我们说过在这个广场上能见得到他，所以应该不会错的……"

"不是在七点钟之前，主人！是在托普哈内的港口里，他的小船会来接他，将他从博斯普鲁斯海峡的海面送到他在斯居塔里的住宅去。"

"你说的对极了，布吕诺，而且这个值得尊敬的批发商一定会让我们明白这里发生的所有事情！哦！这人是个纯正的奥斯曼人，是个'老土耳其人'党的信徒。这些人决不想接受眼前所发生的一切事情，无论在思想观念方面还是风俗习惯方面都是这样。他们反对现代工业的所有发明，即使要公共马车也不要铁路，即使要单桅三角帆船也不要汽船！二十年来我们一起做买卖，我从来没看到我的朋友凯拉邦的思想观念有过什么改变。就在他到鹿特丹来看我的时候，这已经过去三年了，他是乘驿站快车来的，路上花费了一个月的时间！你知道，布吕诺，我从出生到现在见过许多顽固的人，但是像他那样顽固的人却从来没有碰见过！"

"他，在君士坦丁堡遇到您会吃惊不已的！"布吕诺说道。

"这我毫不怀疑，"范·密泰恩答道，"我也很想让他大吃一惊！但是至少在他的社交范围内，我们将完全置身于真正的土耳其。哦！我的朋友凯拉邦一定不愿意穿士兵的衣服，这些新土耳其人的礼服和红帽子的！……"

"当他们摘下红帽子的时候，"布吕诺微笑着说，"就像拔掉塞子的瓶子。"

"啊！这个一成不变的凯拉邦！"范·密泰恩又接着说道，"他会穿得和他去欧洲的那一次看我时一样，宽口的头巾，淡黄色或罗纹的皮里长袍……"

"怎么！他是一个卖海枣的生意人！"布吕诺叫道。

"对极了，不一样的是，他是一个能卖金海枣的生意人……甚至每顿饭都在吃金海枣！他做的是真正适合这个国家的买卖！烟草批发商！在一个人们不分昼夜一直都在吸烟的城市里，他不发财才怪呢！"

"什么？人们都在吸烟？但是您在哪里见到有人吸烟了，我的主人？恰恰相反，没有人吸烟，没有任何人，我倒希望在他们的门口遇到一群一群的土耳其人，吸着蛇形的水烟筒，抑或手里拿着长长的樱桃木烟管，一口黄牙的嘴上叼着琥珀色的烟斗！然而没有！连一根雪茄都没有！更不要说一支香烟了！"

"这是因为你对此一点儿都不了解，"范·密泰恩说道，"但是与君士坦丁堡的街道比较一下，你就会发现，鹿特丹的街道的确更加烟雾缭绕！"

"嗯，果然如此！"布吕诺说，"您确定我们没有走错路吗？这里是土耳其的首府吗？我敢打赌，我们走的是相反的方向，这里绝对不是金科尔纳，而是有成千上万艘汽船的塔米斯！看那座清真寺，这不是圣索菲亚，而是圣保罗！君士坦丁堡怎么可能是这座城市？我不相信有这种可能！这里一定是伦敦！"

"控制一下，布吕诺，"范·密泰恩答复说，"我认为你作为一个荷兰人来说是过于激动了！要像我一样平和、耐心、沉得住气，对什么都不要觉得意外。在发生了……你知道的事情之后，我们离开了鹿特丹……"

"是的！……是的！……"布吕诺点着头说道。

"我们途经巴黎、圣戈塔尔、意大利、布林迪西、地中海这些地方来到这里，而且你会很不情愿地相信，在经过八天航行之后，邮船把我们带到了伦敦桥，而不是加拉塔桥！"

"但是……"布吕诺说。

"我还要劝告你，当着我的朋友凯拉邦的面，千万不要开这样的玩笑！他也许会非常不喜欢，进行争辩，坚持己见……"

"我知道了，我的主人，"布吕诺点头答道，"那么我们既然在这里不可以喝冷饮，我想吸吸烟斗还是允许的吧！您难道没有感到有什么不舒服的地方吗？"

"绝对没有，布吕诺。作为一个烟草商，绝对没有什么比看到人家吸烟更高兴的事情了！我甚至还为大自然只给我们一张嘴巴感到遗憾！鼻子长在这里还真是为了吸鼻烟的……"

"而牙齿就是嚼烟草的！"布吕诺补充了一句说。

他一边悠闲地说着，一边把那个色彩缤纷的，巨大的陶瓷烟斗塞满烟草，然后用打火机点燃后吸了几口，露出一副心满意足的神情。

然而就在这时，那两个反对在斋月期间控制饮食的土耳其人又出现在广场上。那个丝毫不介意地吸着香烟的人，正好看见了嘴里吸着烟闲逛的布吕诺。

"以安拉的名义起誓，"他对他的同伴说道，"那一定又是一个该死的外国人，居然敢无视《可兰经》的禁令！我不能容忍他……"

"但是也要把你的香烟扔掉！"同伴告诉他。

"对极了！"

于是他扔掉香烟，径直朝那个荷兰人走去，荷兰人没有想到会受到这样的盘问。

"要等炮声！"他愤怒地说。

然后猛然夺去了烟斗。

"哎！我的烟斗！"布吕诺大叫起来，他的主人拦也拦不住。

"要等炮声！基督狗。"

"你自己才是土耳其狗！"

"冷静点，布吕诺。"范·密泰恩大声说。

"至少要让他还我的烟斗！"布吕诺争辩说。

"要等炮声！"土耳其人又说了一遍，然后得意地把烟斗塞进了自己的长袍褶子里。

"到这儿来，布吕诺，"这时范·密泰恩说道，"永远不要破坏你游览的国家的风俗习惯！"

"恶霸的风俗习惯！"

"好了，我们走吧。我的朋友凯拉邦在七点钟之前不会来了，所以我们接着散步，到时候就会碰到他了！"

范·密泰恩拉走了布吕诺，布吕诺则因为他的烟斗被如此粗暴地夺走而非常气愤，作为一个真正的烟民，他仍然想要回他的烟斗。

当他们离开以后，两个土耳其人又开始聊了起来：

"这些外国人真的以为什么事都能做！……"

"居然在太阳落山之前吸烟！……"

"你要点着吗?"其中一个人说着又点燃了一支香烟。

"当然乐意！"另一个说道。

第二章

斯卡尔邦特总管和亚乌德船长在谈论应该知道的计划。

　　瓦里德—苏尔塔纳的第一座浮桥通过金科尔纳把加拉塔与古代的伊斯坦布尔联系起来。这时范·密泰恩和布吕诺顺着浮桥这边的托普哈内码头向前走着，一个土耳其人快速地转过穆罕默德清真寺的角落，在广场上停了下来。

　　此刻是六点钟。通报祈祷时间的人刚刚在一天里第四次踏上这些清真寺尖塔的阳台。只要是皇帝建造的清真寺，报时的人绝不低于四个。他们的声音在城市上空产生了缓缓的回音，召唤着信徒们做祈祷，向空中缓缓地送去这句惯用的话："La ilah allah ve Mohammed recoul Allah！"（除安拉外，再无神灵。穆罕默德是安拉的使者！）

　　土耳其人转过头来，瞟了一眼广场上没有几个的路人，他们朝着通向广场的各条街道的方向走去，他非常想看到一个他等待的人向他走过来，露出了不耐烦的表情。

　　"这个亚乌德难道不来了？"他自言自语，"可他知道应该准时到这儿的！"

　　土耳其人在广场上又转了一会儿，甚至一直走到托普哈内兵营的北角，盯着枪炮制造厂的方向，像一个讨厌等待的人那样不停地跺着脚，又回到了范·密泰恩和布吕诺没有喝到饮料的咖啡店门口。

于是，土耳其人在一张没有人的桌子旁边坐了下来，但没有向老板要任何东西，他严谨地守着斋戒，他知道所有奥斯曼帝国的烧酒店里卖五花八门饮料的时刻还没到来。

这个土耳其人是斯卡尔邦特，萨法尔大人的总管。萨法尔大人是一位奥斯曼帝国的非常富裕的人，住在属于亚洲土耳其部分的特拉布松。

这个时候萨法尔大人正在游览观光俄罗斯的南方各省，在观赏完高加索的各个地区之后，还要回到特拉布松，他非常相信他的总管在一桩他特别交待的事情中会取得圆满的胜利。在这座以服饰奢侈著名的城市当中，有他显露东方财富的华丽的宫殿，斯卡尔邦特在完成任务之后，应该到这里来见他。萨法尔大人如果命令一个人要取得胜利的话，是从来都不允许失败的。他喜欢展示金钱带给他的权势，他无论在什么时间什么地点都在炫耀自己，这种习惯在这些小亚细亚的有钱人当中相当普遍。

这位总管是个什么事情都不怕的人，什么事都做得出来，不会在任何阻碍面前胆怯，决心不惜一切代价地满足他的主人的一个很小的愿望。也就是因为这一点他才在这一天赶到君士坦丁堡，等待着和一个还不如他好的马耳他船长见面。

这位叫亚乌德的船长指挥着单桅三角帆船"吉达尔号"，不多时候在黑海上行驶。除了走私的买卖之外，他还做着另一桩不可告人的买卖，就是买卖来自苏丹、埃塞俄比亚或者埃及的黑奴，以及切尔克斯或格鲁吉亚的女人，贩卖人口的地点正好就在托普哈内这个区——政府对这个地方有意睁一只眼闭一只眼。

斯卡尔邦特还在等着，亚乌德仍没有来。总管尽管表面无动于衷，没有显露出丝毫想法，但内心的怒火早就使他热血沸腾了。

"他在哪里，这条狗？"他自言自语，"他遇到了什么意想不到的事？他前天就该离开敖德萨了！这个时候他应该在这个广场上，在这个我跟他说好的咖啡店里！……"

就在此时一个马耳他水手出现在码头，那就是亚乌德。他环顾四周，看见了斯卡尔邦特。斯卡尔邦特马上站起来，走出了咖啡店，朝"吉达尔号"的船长走过去。此时行人已多了一些，但仍然保持沉默，在广场中央来回来去不停地走着。

"我没有等人的习惯，亚乌德！"斯卡尔邦特说道，马耳他人都知道那种口气意味着什么。

"请斯卡尔邦特包容我，"亚乌德说道，"不过我是尽最快的速度赶来赴这个约会的。"

"你刚到？"

"是的，乘的是从伊安波里到安德利诺普尔的火车，因为火车晚了点……"

"你是何时从敖德萨出发的？"

"前天。"

"那你的船呢？"

"它在敖德萨港口里等着我。"

"你的船员，你对他们有了解吗？"

"相当了解！是一些像我这样的马耳他人，对给他们报酬的人都很忠诚。"

"他们会什么事都听你的吗？……"

"当然，他们无论做什么都听我的安排。"

"非常好！那你给我带来了什么消息没有，亚乌德？"

"这些消息有好有坏。"船长稍微压低了声音说。

"先说说坏消息是什么？"斯卡尔邦特问道。

"坏消息就是敖德萨的银行家塞利姆的千金，年轻的阿马西娅很快就要结婚了！这样一来与她还没有决定就要结婚的时候相比，劫持她就会更不容易，而且更要抓紧时间！"

"这次婚礼是不可能举行的，亚乌德！"斯卡尔邦特用有点高的声音说道，"不会，以穆罕默德的名义起誓，它不会举行！"

"我也没有说它一定会举行，斯卡尔邦特，"亚乌德回答说，"我是说它可能举行。"

"够了，"总管争辩道，"可是在三天以前，萨法尔大人听说这位美丽的少女被送上了去特拉布松的船；若是你认为这不可能……"

"我没有说这不可能，斯卡尔邦特。只要有足够的胆量和足够的金钱，一切事情都会取得成功。我只是说这更困难了，只是这个意思而已。"

"困难！"斯卡尔邦特大声说，"这不是第一次让一个土耳其的或俄罗斯的少女从敖德萨消失不见，回不到父亲的身边！"

"这也不会是最后一次，"亚乌德轻松地答道，"要不就是'吉达尔号'的船长不清楚自己是做什么的了！"

"很快要娶阿马西娅少女的那个男人是谁？"斯卡尔邦特问道。

"一个土耳其的年轻人，和她是同一个血统。"

"一个敖德萨的土耳其人？"

"不，是君士坦丁堡的。"

"他叫什么名字？……"

"阿赫梅。"

"这个阿赫梅又是个什么人？"

"是加拉塔的一个很有钱的批发商凯拉邦大人的亲侄子，也是他惟一的继承人。"

"这个凯拉邦是做什么的？"

"做烟草生意，他赚了很多钱。他和敖德萨的银行家塞利姆有商务往来。他们在一起做大笔的买卖，经常来往。就是在这种情况下阿赫梅与阿马西娅相识的。这桩婚姻也就少女的父亲和青年的叔叔两人定下来的。"

"婚礼在哪里举行?"斯卡尔邦特焦急地问道，"是不是在君士坦丁堡?"

"不，是在敖德萨。"

"又在何时举行?"

"我不清楚，不过叫人担心的是，由于阿赫梅的要求，婚礼是不久就会举行的。"

"那就是说一点儿时间也不能浪费了?"

"说得对极了!"

"这个阿赫梅此时在哪里?"

"在敖德萨。"

"那他的叔叔凯拉邦呢?"

"在君士坦丁堡。"

"自你到达敖德萨到你离开的这段时间里，他见过这个年轻人吗，亚乌德?"

"我曾见过他，斯卡尔德。"

"他长什么模样?"

"是个非常讨人喜欢的年轻人，所以得到了银行家塞利姆的年轻漂亮的女儿的欢心。"

"他可怕吗?"

"听说他不仅勇敢，而且非常果断，所以这件事情必须把他考虑在内!"

"他能不能因为他的地位和财产而获得独立?"斯卡尔邦特问道，并且着重问阿赫梅这个青年的各种性格特征，对他的存在一直很担心。

"不能，斯卡尔邦特，"亚乌德答道，"阿赫梅依赖他的叔叔和凯拉邦大人，凯拉邦把他当成儿子一样喜爱，而且可能很快就要到敖德萨来缔结这桩婚姻。"

"能不能使这个凯拉邦推迟出发的时间?"

"如果能够这样自然最好了,我们就会有更充足的时间来采取行动,至于行动的方式……"

"这要由你去考虑,亚乌德,"斯卡尔邦特说道,"但是一定要使萨法尔大人的想法得到实现,要把阿马西娅少女送到特拉布松。'吉达尔号'帆船不是首次为了他的利益而行驶在黑海的海岸,你也清楚他是怎样对这些服务支付报酬的……"

"我知道,斯卡尔邦特。"

"萨法尔大人在他位于敖德萨的别墅里,只是在一眨眼的工夫见过这位少女,便被她的美貌吸引。而用银行家塞利姆的住宅去换他在特拉布松的宫殿,他是没什么意见的!所以阿马西娅会被劫持,就算不是你亚乌德,也会有别人来干的!"

"做这件事的人是我,你可以把心放在肚子里!"马耳他船长简单地说,"我对您说了坏的消息,现在该说好消息了。"

"说吧。"斯卡尔邦特答道,他一边思索一边来回踱步,又来到亚乌德的身边。

"假如说举行婚礼,"马耳他人接着说道,"就会因为阿赫梅守在少女身边而使劫持她变得相当困难的话,却也为我进入银行家塞利姆家提供了机会。因为我不仅是一个船长,而且也是一个商人。'吉达尔号'上有着相当多的货物:布尔萨的绸缎、黑貂和紫貂皮的大衣,有钻石光泽的锦缎,由小亚细亚最灵巧的金器匠加工的各种花边,以及数不清的能够使一个新娘动心的东西。她在举行婚礼的时候是很容易受到诱惑的。我一定能把她引到船上,在人们还不知道这次劫持的时候就乘着一阵顺风出海了。"

"我觉得这个想法不错,亚乌德,"斯卡尔邦特说,"而且相信你会成功!不过你要多加小心,一切都要严格保密!"

"您放心吧，斯卡尔邦特。"亚乌德微笑着答道。

"你的钱够用吗？"

"够用，和您的主人这样慷慨的人在一起是永远不会缺钱的。"

"别浪费了时间！婚礼举行了，阿马西娅就是阿赫梅的新娘了，"斯卡尔邦特说，"萨法尔大人打算在特拉布松见到的可不是阿赫梅的妻子！"

"我明白。"

"这么说，等银行家塞利姆的女儿一上'吉达尔号'，你就上路？"

"没错，斯卡尔邦特，因为在行动之前，我会耐心地等待一阵确凿无疑的西风。"

"从敖德萨直达特拉布松，你要用多长时间，亚乌德？"

"把夏天的风平浪静和黑海上多变的风向等一切可能的情况都考虑在内，航行大概需要持续三个星期。"

"很好！我大约在这个时候回到特拉布松，我的主人也会在这个时候到的。"

"我希望能比你们提前一步先到。"

"萨法尔大人的命令是明摆着的，要求你对这位姑娘必须非常的尊重。当她到你的船上之后，你不能无理和蛮横！……"

"您放心她会像萨法尔大人所希望的那样受到尊重，和他本人受到的尊重一样。"

"我信任你的忠诚，亚乌德！"

"您可以完全相信，斯卡尔邦特。"

"还有你的机智！"

"确实，"亚乌德得意地说，"如果婚礼推迟举行的话，我就更有成功的把握了，而这种情况又很可能发生，只要有什么事情能阻止凯拉邦大人立刻动身……"

"你认识他吗，这个批发商？"

"应该永远了解自己的对手，或者可能成为对手的人，"马耳他人答道，"因此我到这里后最关心的事情，就是以做生意作为借口去拜访他在加拉塔的商行。"

"你见过他？……"

"只见了一会儿，不过已经足够了，而且……"

这时亚乌德快速地走近斯卡尔邦特，压低声音对他说：

"哎！斯卡尔邦特，这可以说是奇怪的巧合，而且还是一次幸运的相会！"

"这是什么意思？"

"那个和仆人一起顺着佩拉街散步的胖子……"

"会是他？"

"没错，就是他，斯卡尔邦特，"船长答道，"我们分开一段距离，不过要一直盯着他！我了解到他每天晚上，都要回到斯居塔里的别墅里去，为了弄清楚他是否想要立即出发，必要时我就从博斯普鲁斯海峡的对岸去跟踪他！"

托普哈内广场上的人渐渐多了起来，斯卡尔邦特和亚乌德混杂在行人当中保持着能看见和听见的距离。这不难做到，因为"凯拉邦大人"——加拉塔区里的人都这么称呼他——喜欢高声谈话，丝毫不想掩饰他的尊贵身份。

第三章

凯拉邦大人没有想到会碰见他的朋友范·密泰恩。

　　用现代的话说，凯拉邦大人在身心两方面都是一个"体面的人"，他的面容看起来有四十岁，从他的肥胖程度看不会小于五十岁，实际上他是四十五岁，然而他面孔红润、身体魁梧。他留着已经发灰、两端呈尖形的胡子；黑色的眼睛灵活敏锐，目光炯炯有神，对一切转瞬即逝的印象非常敏感。四方的下巴，鹰勾鼻子，与目光锐利的眼睛和露出洁白晶莹的牙齿刚刚张开的嘴巴十分相称。高高的额头刻着一条直直的皱纹，在两条眉毛之间有一条真正是固执的皱纹。这一切使他有了一副不一般的相貌，那就是一个古怪的、个性极强的、感情容易外露的人的相貌，人们只要看过一次就很难忘记。

　　说到凯拉邦大人的衣服，也就是"老土耳其人"的服装，自始至终忠于从前土耳其近卫军士兵的装束：宽口的头巾；耷拉在用摩洛哥皮制的靴子上的宽大随风而飘动的军裤；无袖的背心上点缀着刻成多面形的、饰有丝边的大扣子；披肩的腰带绕住了一个膨胀而结实的肚子；还有就是淡黄色或罗纹皮长袍，形成了一条条威严的褶裥。在这种远古的着装方式里没有丝毫欧化，它与新时代里东方人的衣服形成了鲜明的对比。这是一种反对工业主义侵略的方式，一种为了趋于消失的地方色彩的利益而进行的对抗，一种对利用权力让奥斯曼人穿现代服装的马赫穆德苏丹的法令的挑战。

凯拉邦大人的仆人是一个二十五岁的青年，名叫尼西布，瘦得使荷兰人布吕诺感到吃惊，自然也是穿着古老的土耳其服装。他不会让他固执透顶的主人有丝毫不快，在这方面肯定也不会有反对的意见。他是一个忠心的、而且完全没有个人主见的仆人，他永远事先就表示赞成，并且像回声一样，不自觉地重复着严厉的批发商所说的最后一句话。凯拉邦大人喜欢进行粗暴的指责，要想不碰钉子，最好的办法就是永远支持他的意见。

两个人从佩拉郊区顺着一条狭窄的、被雨水冲刷成沟的街道到达托普哈内广场。凯拉邦大人习惯性地大声说话，根本不管是否会被别人听见。

"哦，不！"他说，"安拉保佑我们，然而在近卫军时期，到了晚上每个人都可以做自己想做的事！不！我不服从警察局的新规定，我开心的话不拿灯笼就走街串巷，哪怕掉到一个泥坑里，或者被野狗咬上一口！"

"野狗！……"尼西布随声附和。

"你也甭在我的耳边唠叨你那些愚蠢的劝告，或者以穆罕默德的名义起誓，我要把你的耳朵抻得长长的，使一头驴子和赶驴子的人都会妒忌！"

"和赶驴子的人！……"尼西布重复道，其实他就像大家预料的一样，没有做过丝毫劝告。

"如果警察局长罚我钱，"这个固执透顶的人又说，"我就付罚款！他让我蹲监狱我就去蹲监狱！但是在这方面或其他任何方面我都不会相让！"

尼西布做了个表示同意的手势，如果事情真的到那一步的话，他就准备跟主人一起去蹲监狱。

"啊！这些新土耳其先生！"凯拉邦大人喊道，瞅着几个路过的君士坦丁堡人，他们穿着笔挺的礼服，头戴红色的土耳其帽。"啊！你们想制定法律，想打破古老的风俗习惯！那好，我就会坚持到最后，表示坚决抗议！……尼西布，你有没有告诉我的船夫划着他的小船七点钟就到托普哈内码头来？"

"七点钟就来！"

"但他为什么不在这儿？"

"他为什么不在这儿？"尼西布重复着说。

"其实还不到七点钟。"

"不到七点钟。"

"你是如何知道的？"

"我知道是因为您说了，主人。"

"那如果我说是五点钟呢？"

"那就是五点钟。"尼西布轻声答道。

"你没法再笨了！"

"是的，没法再笨了。"

"这个小伙子，"凯拉邦自言自语，"总是赞同我，最后却总使我恼火！"

此时范·密泰恩和布吕诺又出现在广场上，布吕诺用沮丧的声调重复地说：

"我们走吧，我的主人，我们走吧，就坐第一趟火车走！这里怎么会是君士坦丁堡？这里是信士们的长官的首都？……肯定不是！"

"安静点，布吕诺，安静点！"范·密泰恩生气地说。

天渐渐黑了。太阳沉没在古老的伊斯坦布尔的高地后面，现在的托普哈内广场陷于一片黑暗之中。因此范·密泰恩没有看出向加拉塔码头走去与他擦肩而过的凯拉邦大人。两个人在朝着相反的方向忽左忽右地互相寻找的时候，甚至撞在一起都有点可笑地摇晃了半分钟。

"哦！先生，我要过去！"凯拉邦说，他决非让步的人。

"但是……"范·密泰恩说，他想礼貌地让到边上，却办不到。

"什么都别说了，我还是要过去！……"

"可是……"范·密泰恩又说了一遍。

随后他忽然认出了是在和谁打交道：

"哦！我的朋友凯拉邦！"他激动地喊道。

"您！……您！……范·密泰恩！……"凯拉邦大吃一惊，结结巴巴地说道，"您！……在这儿？……在君士坦丁堡？"

"就是我！"

"何时来的？"

"今天早晨！"

"那你第一个拜访的不是我……不是我了？"

"不不不，是拜访您的，"荷兰人答道，"我到您的商行去了，然而您不在，有人告诉我七点钟在这个广场上能找到您……"

"他们说得没错，范·密泰恩！"凯拉邦叫着，用几乎是粗暴的劲头握着他在鹿特丹的合作伙伴的手。"哦！勇敢的范·密泰恩，太不可思议了！我从没有想到会在君士坦丁堡见到您！……怎么没给我写信？"

"我是匆匆忙忙地离开荷兰的！"

"出门做生意？"

"不……一次旅行……为了散心！我从来没来过君士坦丁堡，也没有去过土耳其，因此我想到这里来，作为您在鹿特丹拜访我的回访。"

"这么做很好！……但是我怎么没看见范·密泰恩夫人和您在一起？"

"说实话……我根本没带她来！"荷兰人有点儿犹豫地答道，"范·密泰恩夫人是不轻易离家的！……所以我只和我的仆人布吕诺来了。"

"哦！是这个年轻人？"凯拉邦大人边说边向布吕诺点了点头，布吕诺认为自己应该像土耳其人那样鞠个躬，把两臂围在帽子旁边，就像尖底瓮的两个把手。

"没错，"范·密泰恩又说，"就是这个勇敢的年轻人，他已经想丢下我到……"

"要走！"凯拉邦喊道，"没有得到我的许可就离开!?"

"不错，凯拉邦朋友，他觉得这个奥斯曼帝国的首都不太快乐也不大热闹！"

"像一座陵墓！"布吕诺接着说，"不仅商店里没有一个人，而且广场上没有一辆车！……街道上虽然有一些人，但还抢您的烟斗！"

"这就是斋戒期，范·密泰恩！"凯拉邦抱歉答道，"我们正处在斋戒期！"

"哦！这就是斋戒期?"布吕诺又说道，"那什么都不用解释了！——哎，请您说说什么是斋戒期?"

"一段节制饮食的时期，"凯拉邦回答说，"在日出到日落这段时间里，禁止喝酒，吸烟，吃东西。不过用不了多长时间以后，等宣告日落的炮声响了……"

"哦！这就是他们说来说去都要等炮声的原因！"布吕诺大声喊道。

"人们整夜都会对白天的节食进行补偿！"

"也就是说，"布吕诺问尼西布，"你们从今天早晨到现在一点儿东西都没有吃过，就因为现在是斋戒期?"

"因为现在是斋戒期。"尼西布说道。

"但是，这样会使我变瘦的！"布吕诺叫着，"这会使我每天瘦掉……至少一斤！"

"至少一斤！"尼西布附和着。

"到太阳落山的时候，你们就要看到这一切了，范·密泰恩，"凯拉邦接着说，"你们会大吃一惊！就像变魔术一样，一个死气沉沉的城市将变成一个生气勃勃的城市！啊！新土耳其人先生们，你们的一切荒唐的改革还没能改变这些古老的习俗，《可兰经》在坚定不移地反对你们的蠢举！让穆罕默德掐死你们吧！"

"好了！凯拉邦朋友，"范·密泰恩说，"我看得出您一直忠于古老的风俗。"

"这不止是忠于，范·密泰恩，这是固守！——但是，告诉我，尊敬的朋友，您要在君士坦丁堡待几天，对吧？"

"是的……而且甚至要……"

"那好，从现在开始您就属于我了！由我来安排您的一切！您不能离开我了！"

"好吧！……我属于您了！"

"而你，尼西布，你来照顾这个小伙子，"凯拉邦指着布吕诺补充了一句，"我尤其要你负责改变他对我们美好的首都的看法！"

尼西布做了个表示同意的手势，就把布吕诺带到人越来越多的人群中去了。

"哎呀，我想起来了！"凯拉邦大人突然喊道，"您来得正是时候，范·密泰恩朋友，六个星期以后，您在君士坦丁堡就见不到我了。"

"您，凯拉邦？"

"因为我要出发到敖德萨去！"

"到敖德萨？"

"是的，如果您不离开，我们就一起去！总之，您为什么不能陪我去呢？"

"这是因为……"范·密泰恩说。

"我对您说，您要陪我一起去！"

"这次旅行有点太匆忙了，我打算在这里缓解一下疲劳……"

"好吧！您在这里休息！……然后，您就到敖德萨去休息三个星期！"

"凯拉邦朋友……"

"我也是这样想的，范·密泰恩！我想，您不会刚到就反驳我吧？您心里明白当我有理的时候，我是不轻易让步的！"

"是的……我知道！……"范·密泰恩回答说。

"何况，"凯拉邦又说，"您不认识我的侄子阿赫梅，而您应该和他认识认识！"

"确实，您对我说起过您的侄子……"

"也可以说是我的儿子，范·密泰恩。因为我没有孩子。您知道，一直做生意！……一直做生意！……我从来没有几分钟的空闲用来结婚！"

"只要一分钟就够了！"范·密泰恩认真地说，"而且往往是……一分钟都太长了！"

"因此您在敖德萨会碰到阿赫梅！"凯拉邦又说，"一个讨人喜欢的小伙子！……比如说他不喜欢做生意，还有点像艺术家，有点像诗人，而且很可爱……很迷人！……他不像他的叔叔，但是很听话，而且不发牢骚。"

"凯拉邦朋友……"

"是的！……是的！……我已经打算好了！……我们是为了参加他的婚礼才去敖德萨的。"

"他的婚礼？……"

"当然！阿赫梅要娶一个漂亮的姑娘……阿马西娅姑娘……银行家塞利姆的女儿，他是一个真正的土耳其人，像我一样！我们要好好庆祝一下！一定好极了，您也会在场的！"

"但是……我倒更想……"范·密泰恩说，还想最后一次提出异议。

"说定了！"凯拉邦答道，"您不打算反对我，是吗？"

"我是打算……"范·密泰恩说。

"您也不能那么做！"

此时，在广场中央散步回来的斯卡尔邦特和亚乌德靠近了他们。凯拉邦大人当时正对他的同伴说：

"说好了！最多六个星期之后，我们两人就到敖德萨去！"

"婚礼在何时举行呢?"范·密泰恩问。

"我们一到就马上举行。"凯拉邦悄悄答道。

亚乌德对着斯卡尔邦特的耳朵说:

"六个星期!我们有足够的时间行动了!"

"对,不过还是越早越好!"斯卡尔邦特回答说,"别忘了,亚乌德,不到六个星期,萨法尔大人就要回到特拉布松了!"

那两个人仍在走来走去,眼睛窥视着,耳朵偷听着。

在这段时间里,凯拉邦大人还在继续和范·密泰恩聊天,他说道:

"我的朋友塞利姆总是心急,我的侄子阿赫梅更是不想等了,他们都希望婚礼马上举行。他们这样做有一个目的,我应该和你说一下。塞利姆的女儿一定要在十七岁之前结婚,要不然就要失去大约十万土耳其镑,这是一个发疯的老姑母以此为条件留给她的遗产。而再过六个星期,她就十七岁了!但我也给他们讲道理,我说不管你们觉得怎么样,婚礼都不能在下个月底之前举行。"

"那您的朋友塞利姆让步了吗?……"范·密泰恩问道。

"当然!"

"阿赫梅这个小伙子呢?"

"有点儿不容易,"凯拉邦说道,"他喜欢这个美丽大方的阿马西娅,我也赞成!他有很多时间,他不在生意场上,他!嗯!您应该懂得这些,范·密泰恩朋友,您娶了漂亮的范·密泰恩夫人……"

"一点儿不错,凯拉邦朋友,"荷兰人说,"这件事已经过去很久了……我几乎忘记了!"

"不过说到底,范·密泰恩朋友,在土耳其向一个土耳其人打听他家里的妻妾的事情是不礼貌的,但并不影响向一个外国人……范·密泰恩夫人好吗?"

"哦!很好……很好!……"范·密泰恩答道,他的朋友的这些礼节有点儿使他不知所措，"是的……很好！……虽然身体总是不大舒服，哎！……您知道……女人嘛……事情多……"

"不，你错了！"凯拉邦大人大笑着说道，"女人！我从来都不知道！因为总有做不完的生意！给吸香烟的人供应马其顿的烟草，给吸水烟筒的人供应波斯烟草，还有和我有商务往来的人，他们在萨洛尼卡、埃尔祖鲁姆、拉塔基亚、巴夫拉、特拉布松，尤其不能忘了我的朋友范·密泰恩，在鹿特丹！三十年来，我都忙于在向欧洲各地寄这些烟草的包裹！"

"您也在吸这些烟草！"范·密泰恩说。

"当然，是吸了……就像工厂里的一根烟囱！我要问您世界上还有比这更好的东西吗？"

"自然没有，凯拉邦朋友。"

"我已经有四十年吸烟的历史了，范·密泰恩朋友，我喜欢我的烟斗，忠于我的水烟筒！这就是我的全部后房，而且没有能值一支东贝基烟斗的女人！"

"我非常赞同您的说法！"荷兰人答道。

"对了，"凯拉邦接着说，"既然我留住了您，就不能把您丢下了，我的小船一会儿要来接我穿过博斯普鲁斯海峡。我在斯居塔里的住宅里吃晚饭，我就带您……"

"这个……"

"没有什么可犹豫的，我带您去！现在……您怎么跟我讲客套了？"

"不，我同意，凯拉邦朋友！"范·密泰恩答道，"我现在一切都听您的安排！"

"您会看到，"凯拉邦大人又说道，"看到我为自己建造了多么迷人的住宅，在斯居塔里的半山上，在柏树的浓荫下面，可以远望博斯普鲁斯海峡和君士坦丁堡的全貌！啊！真正的土耳其永远在这个亚洲的海岸上！一边是欧洲，另一边是亚洲，我们那些穿礼服的进步人士，还没有把他们的思想观点搬到那边去！它们在穿过博斯普鲁斯海峡时被淹没了！——这样，我们就在一起吃晚饭了！"

"您想怎么安排就怎么安排！"

"您也一定要听我安排！"凯拉邦回答。

随后他转过身来：

"尼西布在哪里？……尼西布！……尼西布！……"

正和布吕诺一起散步的尼西布听到了主人的声音，两个人都跑了过来。

"这么说，"凯拉邦问道，"这个船夫，他是不带着他的小船来了？"

"带着他的小船？……"尼西布跟着说道。

"我要用棍子打他，一定要打！"凯拉邦喊道，"没错，打一百棍！"

"哦！"范·密泰恩不由地说。

"五百棍！"

"哦！"布吕诺紧接着说。

"如果有人反对……就打一千棍！"

"凯拉邦大人，"尼西布说道，"我看到了您的船夫。他刚刚离开宫殿的尖顶，用不了十分钟就可以靠上托普哈内的码头了。"

就在凯拉邦大人在挽着范·密泰恩胳膊不耐烦地跺脚的时候，亚乌德和斯卡尔邦特一直在注视着他。

第四章

比在其他所有事情上都更加固执的凯拉邦大人反对奥斯曼帝国当局。

此刻船夫已经到达，并且来告诉凯拉邦大人说他的小船在码头等着他。

在金科尔纳的博斯普鲁斯海峡的水面上有成千上万的船夫，他们的双桨小船头尾都同样细长，所以向前向后都可以前进，形状就像十五至二十尺的冰鞋，是用一些山毛榉板或者柏树板做成的，朝里的一面还雕着花或涂上了彩色的油漆。这些细长的小船在这个作为两个大陆海岸分界线的雄伟海峡里如此快速地穿梭往来，互相超越，看起来真是妙趣横生。从马尔马拉海直到在博斯普鲁斯海峡北面相互对峙的欧洲堡和亚洲堡，这项服务都是由船夫公会提供的。

这些人都很英俊，一般情况下都穿着名为"布卢丘克"的丝绸衬衫，一件颜色艳丽绣着金边的"耶列克"，一条白色的棉布短裤，头戴一顶土耳其帽，脚上穿一双"耶梅尼斯"鞋，裸露着两腿和双臂。

凯拉邦大人的船夫——也就是每天晚上把他送到斯居塔里，每天早晨再把他送回来的船夫，要是说他因为迟到了几分钟而受到冷遇的话，对这一点也没必要过于强调。这个稳重的船夫并没有激动万分，他也很清楚必须让这位重要的顾客去吼叫一番，他的回答只是指指系在码头上的小船。

随后凯拉邦大人便在范·密泰恩的陪同下，带着布吕诺和尼西布向小船走去，此时托普哈内广场上的人群里发生了一阵骚动。

凯拉邦大人停了下来。

"发生什么事了？"他纳闷地问道。

加拉塔区的警察局长在负责开路的卫兵们的拥护下，现在来到了广场，还拿着一只鼓和一个喇叭。鼓声隆隆，喇叭声响，这个掺杂着欧亚各色人等的人群渐渐安静下来了。

"肯定又有什么不公平的布告了！"凯拉邦大人自言自语，能够听出他是一个打算无论何时何地都坚持己见的人。

警察局长此刻拿出一张照例盖着一些印章的纸，大声读着下面的法令：

奉保安部部长摩希尔的命令，自即日起所有想穿越博斯普鲁斯海峡从君士坦丁堡到斯居塔里，或者从斯居塔里到君士坦丁堡的人，不管是乘坐小船还是任何帆船或汽船，都需缴纳十个巴拉的赋税。拒缴者将被处以监禁和罚款。

本月16日立于王宫。

签署：摩希尔

这笔大概相当于法国的五生丁的新税收，很快便引起了一些不满的议论。

"好！又一笔新税！"一个"老土耳其人"大声说道，不过他对于奥斯曼皇帝在财政上的权术应该是早就见怪不怪了。

"十个巴拉！半杯咖啡的价钱！"另一个人紧跟着附和道。

警察局长非常明白在土耳其和在其他所有地方一样，人们谈论完了就会乖乖缴税的，因此就想离开广场，这时凯拉邦大人朝他走了过去。

"这么说，"他说，"就要向每个要穿越博斯普鲁斯海峡的人收一笔新税了？"

"这是摩希尔的法令。"警察局长神情自若地答道。

他接着又说：

"怎么！这是富有的凯拉邦在提出抗议？"

"一点儿没错！正是富有的凯拉邦！"

"您好吗，凯拉邦大人？"

"很好……同一切税收一样好。也就是说，这项法令马上就要执行了？……"

"当然……从它宣布的时候开始。"

"那要是按照我的习惯，今晚我要是乘我的小船回到……斯居塔里……去呢？"

"您就缴十个巴拉。"

"那我每天早晚都要穿越博斯普鲁斯海峡怎么办？"

"您就每天缴二十个巴拉，"警察局长面无表情地答道，"对于富有的凯拉邦只是九牛一毛！"

"是吗？"

"我的主人要惹祸了！"尼西布低声地对布吕诺说。

"他不应该那样固执！"

"他！您还不清楚他！"

凯拉邦大人叉起双臂，面对面地紧盯着警察局长，用因为激怒而发出嘘声的嗓音说道：

"那好，这就是我的船夫，他刚刚告诉我他的小船已经为我准备好了，而且我要带着我的朋友范·密泰恩先生、他的仆人和我的……"

"这就要缴四十个巴拉，"警察局长接着说，"我再说一遍您缴得起……"

"我当然缴得起四十个巴拉，"凯拉邦又说，"也缴得起一百个，一千个，十万个和五十万个巴拉，这都可能，但是我一个钱也不会缴，而且我还是要过去！"

"我为使凯拉邦大人不快而感到遗憾，"警察局长坚持说，"但是不付钱是过不去的!"

"不付钱也能过去!"

"不能!"

"能!"

"凯拉邦朋友……"范·密泰恩说道,他是出于一番好意,想对这个相当固执的人劝说劝说。

"别打扰我,范·密泰恩!"凯拉邦怒气冲冲地回答他,"这笔税收是不公平的,叫人很生气!不应该屈服!'老土耳其人'的政府从来没有敢向博斯普鲁斯海峡的小船征税!"

"但是,新土耳其人的政府需要钱,就毫不犹豫地这样做了!"警察局长说道。

"我们走着瞧吧!"凯拉邦大声喊道。

"卫兵们,"警察局长向身后他的卫兵们说,"你们要保证新法令的顺利执行。"

"过来,范·密泰恩,"凯拉邦强压怒火,还用脚踩着地面,"过来,布吕诺,跟着我们,尼西布!"

"要缴四十个巴拉……"警察局长对他们说。

"四十下棍子!"凯拉邦大人喊道,他已经忍无可忍怒气冲天了。

但是当他向托普哈内码头走去的时候,卫兵们围住了他,使他不能继续向前走了。

"躲开!"他挣扎着喊道,"你们当中谁都不许碰我,即使是用手指头!以安拉的名义起誓,我要过去!而且是不从我的口袋里掏出一个巴拉就会过去!"

"是的,您会过去,只是您通过的是监狱的大门,"警察局长厉声说,因为他也发火了,"而且您要付一大笔罚款才能出狱!"

"我要去斯居塔里!"

"决不可能穿越博斯普鲁斯海峡，而且因为没有其他办法到那里去……"

"您这么认为？"凯拉邦大人紧握双拳答道，脸已涨得通红，"您这么认为？……我要去斯居塔里，用不着穿越博斯普鲁斯海峡，所以我也不用缴……"

"确实如此！"

"等我该……对了！……等我该绕过黑海的时候。"

"为了节约十个巴拉要多走几百公里！"警察局长耸着肩膀喊道。

"别说几百公里，一千，一万，十万公里，"凯拉邦回答说，"只要能省五个，两个，哪怕是只省一个巴拉！"

"可是，我的朋友……"范·密泰恩说。

"别说了，让我安静点！……"凯拉邦的回答拒绝了他的干预。

"完了！这下他要上路了！"布吕诺自言自语说。

"我要顺着土耳其逆流而上，穿过切索内斯半岛，越过高加索，跨过安纳托利亚到达斯居塔里，用不着为你们不公道的税收付一个巴拉！"

"我们走着瞧吧！"警察局长反唇相讥。

"大家都看到了！"凯拉邦大人怒不可遏地喊道，"我今天晚上就出发！"

"见鬼！"亚乌德船长对斯卡尔邦特说，他完完整整地听完了这场意想不到的争论，"这下他也许会打乱我们的计划！"

"说得没错，"斯卡尔邦特答道，"这个固执的人只要稍微坚持己见，他就要经过敖德萨，而要是他决定在路过时就举行婚礼！……"

"可是……"范·密泰恩又说了，他想劝阻他的朋友凯拉邦如此疯狂的行为。

"告诉您别打扰我！"

"那您的侄子阿赫梅的婚礼怎么办？"

"这件事就是关系到婚礼！"

斯卡尔邦特马上把亚乌德拉到一边：

"连一分钟都不能耽误了！"

"不错，"马耳他船长答道，"明天早晨我就乘安德里诺普尔的火车到敖德萨去。"

然后这两个人就走开了。

就在此时，凯拉邦大人忽然转向他的仆人。

"尼西布！"他说。

"主人。"

"跟我到商行去！"

"到商行去！"尼西布附和着。

"您也去，范·密泰恩！"凯拉邦补充说。

"我？"

"您也是，布吕诺。"

"我……"

"我们一起出发。"

"啊！"布吕诺说，他立起耳朵认真听着。

"不错！我邀请过您到斯居塔里吃晚饭，"凯拉邦大人对范·密泰恩说道，"我以安拉的名义起誓！您会在斯居塔里吃晚饭的……等我们回来以后！"

"为什么不在回来之前呢？……"荷兰人回答说，他被这个建议弄得颇为尴尬。

"这不会在一个月，一年，十年之后！"凯拉邦反驳说，他的声调不允许有半点反对，"不过您既然接受了邀请，您就会吃到我的晚饭！"

"那早就凉了！"布吕诺自言自语。

"凯拉邦朋友，请允许……"

"我什么都不允许，范·密泰恩。过来！"

凯拉邦大人说着朝广场中央迈了几步。

"没办法反对这个固执透顶的人!"范·密泰恩对布吕诺说。

"我的主人,难道您要对这样一种异想天开的行为作出退让?"

"我在哪里都一样,布吕诺,反正我不再在鹿特丹了!"

"可是……"

"既然现在我跟着我的朋友凯拉邦,你也就只能跟着我了!"

"真复杂!"

"出发吧。"凯拉邦大人说。

随后他最后一次转向警察局长,后者因为激怒了他正在阴险地微笑。

"我走了,"他说,"无论你们有怎样的法令,我要到斯居塔里去并且不用穿过博斯普鲁斯海峡!"

"我会开心地看到您在这样一次有趣的旅行之后再回到这里!"警察局长答道。

"我回来时如果看到您在这儿也会非常愉快的!"凯拉邦大人说。

"但是我要提前告诉您,"警察局长补充说,"只要这项税收还有效……"

"那又如何?"

"我不会让您穿过博斯普鲁斯海峡回到君士坦丁堡来,除非每人缴十个巴拉!"

"如果你们不公道的税收还不失效的话,"凯拉邦大人以同样的口气答道,"我会知道该怎样回到君士坦丁堡,并且不让口袋里的一个巴拉跑到您那里去!"

说到这里,凯拉邦大人拉着范·密泰恩的手臂,暗示让布吕诺和尼西布跟着,然后在人群之中不见了。对于这位固执地捍卫自己权益的"老土耳其人"党的拥护者,人群报以热烈的喝彩和欢呼。

这时从远处传来一声炮响。太阳刚刚沉没在马尔马拉海的地平线下面,斋戒期终于结束了,奥斯曼皇帝忠实的国民们,可以对这漫长的一天的节食进行补偿了。

就像挥动魔棍一样，君士坦丁堡突然变了模样。托普哈内广场上的寂静被高兴的喊声和快乐的欢呼声所取代。烟斗、水烟筒都点了起来，空中弥漫着烟特有的香气。咖啡店里立刻挤满了又渴又饿的人们。各种烤肉店；"亚乌特"，也就是美味的奶酪；"凯马克"，即一种煮开的奶油；"克巴布"，切成小块的羊肉片；"巴克拉瓦"，刚出炉的烘饼；裹着葡萄叶的饭团，煮熟的玉米棒，装橄榄油的桶，装鱼子酱的桶，小鸡肉涂蜂蜜的油煎鸡蛋薄饼，糖汁，果汁冰糕，冰淇淋，咖啡，东方的一切能吃能喝的东西，都摆在店铺门前的桌子上，而一盏盏挂在一根螺旋形铜丝上的彩灯，则在晃动它们的老板的大拇指的作用下来回移动着。

紧接着，古老的城市和它的新区都像着魔似的全都亮了起来。所有的清真寺，圣索菲亚、苏莱玛尼埃、苏丹—阿哈默德；所有无论是宗教的还是世俗的建筑，从布尔努宫直到埃乌布山岗全都闪着五颜六色的灯火。清真寺尖塔上的一段段闪光的经文交相辉映，在昏暗的天空中映出了《可兰经》的箴言。挂着灯笼在波浪中摇晃的小船在博斯普鲁斯海峡中划出一道道浪花，就像挂满了星星那样熠熠发光。矗立在岸边的一座座宫殿，亚洲海岸和欧洲海岸上的豪华住宅，斯居塔里，古老的克里索波利斯和它的一排排梯形的房屋，都只显出闪光的轮廓，而且在海水的映照下更加明亮。

远处回响着巴斯克鼓，"卢塔"或吉他、"塔布尔卡"、"勒贝尔"和笛子的悠扬的乐曲声，与夕阳西下时分单调的祈祷声混合在一起。而在尖塔顶上，穆安津①们用在三个音符上延长的声音，向欢庆的城市发出由一个土耳其词和两个阿拉伯词组成的，晚祷的最后一次召唤："Allah, boekk kebir！"（真主，伟大的真主！）

---

① 在清真寺尖塔上报祈祷时间者，原意为"宣告者"。

第五章

　　凯拉邦大人以他自己的方式讨论旅行的方法并离开君士坦丁堡。

　　欧洲的土耳其目前由三个主要部分组成：鲁梅里亚（色雷斯和马其顿），阿尔巴尼亚，塞萨利，加上一个被殖民的省份保加利亚。这是由于自从1878年的条约签署以来，罗马尼亚王国（摩尔达维亚、瓦拉西亚和多布罗加）、塞尔比亚和蒙特内格罗公国都宣布独立，波斯尼亚也被奥地利占领了。

　　凯拉邦大人打算顺着黑海四周前进，他的路线是首先沿着鲁梅里亚、保加利亚和罗马尼亚的海岸到达俄罗斯的边界。

　　再从那里穿过比萨拉比亚、切索内斯、陶里斯岛或者切尔凯西斯地区，经过高加索和外高加索，这条路线将绕过北部和东部的海岸，直到把俄罗斯和奥斯曼帝国分开的边界。

　　最后再沿着黑海南面的安纳托利亚海岸，这位固执透顶的奥斯曼人将在对新的税收一巴拉都不付的情况下，在斯居塔里重见博斯普鲁斯海峡。

　　事实上，这个六百五十土耳其"里"的路程，大约等于两千八百公里——或者用奥斯曼的公里来计算，也就是每公里相当于一匹负重的马用一般的步伐跑一个小时——要走上七百公里。而从 8 月 17 日到 9 月 30 日共有四十五天。也就是说，必须每二十四小时走上十五公里才可以在 9 月 30 日返回出发地，这是阿马西娅的婚礼预订举办的最后一天，要不然她就不能继承她姑母的十万镑了。一句话，不管发生什么事情，凯拉邦大人和他的客人在四十五天之前，是不可能坐在豪华的别墅里摆着晚餐的桌子面前了。

不过如果乘坐快速的交通工具，比如各地的铁路，是能很轻松地争取时间缩短漫长的行程的。这样从君士坦丁堡出发，便有一条铁路通向安德里诺布尔，然后从岔道通向雅恩波里。再往北去，从瓦尔纳到鲁楚克的铁路与罗马尼亚的铁路相交，而罗马尼亚的铁路又通过雅西、基斯谢内夫、哈尔科夫、塔甘罗格、纳钦切万穿过南俄罗斯再接上高加索的铁路网。最后有一段从第比利斯到波季的铁路直达黑海海岸，差不多到了土耳其与俄罗斯的边界。然后穿过土耳其的亚洲部分，在到达布尔萨之前确实没有铁路了，然而从布尔萨还有最后一段铁路通到斯居塔里。

但是想让凯拉邦大人听进这些道理，是不可能的。进入一个火车车厢，为现代工业的发展作出牺牲，这是他，一个四年来尽其所能反对欧洲的一切发明入侵的"老土耳其人"能做的吗？绝对不会！宁可徒步行走也不会在这方面作出让步。

所以当天晚上，当范·密泰恩和他抵达加拉塔商行的时候在这一问题上就开始了争论。

一听到荷兰人谈到奥斯曼和俄罗斯的铁路，凯拉邦大人的反应先是耸了耸肩膀，紧接着是坚决反对。

"但是！……"范·密泰恩又说，他想在形式上也应该坚持一下，但对于说服他的朋友不抱任何希望。

"我说不可以就是不可以！"凯拉邦大人反驳说，"再说您应该听我的，您是我的客人，我对您负责，您让我去安排好了！"

"好的，"范·密泰恩无奈地答道，"如果不坐火车的话，也许会有一个更简单的办法，使我们不用穿越博斯普鲁斯海峡就可以到达斯居塔里，并且也不用绕黑海去走一圈？"

"什么办法？"凯拉邦皱着眉头问道，"要是这个办法可行，我就同意；如果不好，我就反对。"

"这是一个绝妙的办法。"范·密泰恩充满自信地答道。

"快说！我们还要做出发的准备！一刻都不能耽误！"

"是这样的，凯拉邦朋友：我们到黑海上离君士坦丁堡最近的一个港口去，租一艘轮船……"

"一艘轮船？"凯拉邦大人大声喊道，"轮船"这个词就能使他勃然大怒。

"不……一条船……只是一条普通的帆船，"范·密泰恩赶紧补充说，"一条三桅小帆船，一条单桅三角帆船，一条快帆船，我们到例如安纳托利亚·基尔比的一个港口去！一旦到了海岸的这个地方，我们在一天当中就能很容易地从陆路到达斯居塔里，便能嘲笑地为摩希尔的平安干杯了！"

凯拉邦大人让他的朋友继续说下去，没有打断他的话。他的朋友可能认为他会接受这个建议，因为这个建议非常可行，又能解决有关自尊心方面的所有问题。

但是在听着这个建议的时候，凯拉邦大人目光闪烁，手指不停地伸曲，两只张开的手握成了拳头，那副样子使尼西布看了提心吊胆。

"这么说，范·密泰恩，"他说，"总之您是建议我坐船到黑海上去，这样就不必穿过博斯普鲁斯海峡？"

"我看这个办法是挺高明的。"范·密泰恩答道。

"您是否曾经听说过，"凯拉邦又说，"一种叫作晕船的毛病？"

"当然听说过，凯拉邦朋友。"

"您也许从来没有犯过吧？"

"从来没有！再说，这么短的海路……"

"这么短！"凯拉邦接着说道，"我相信您是在说'这么短！'"

"还不到六十公里！"

"但是哪怕只有五十公里，二十公里，十公里，五公里！"凯拉邦大人喊道，"就会让人受不了了，永远如此，尽管只有两公里，一公里，对我来说都太远了！"

"请您还是好好想一下……"

"您知道博斯普鲁斯海峡吧？"

"当然。"

"那好，范·密泰恩，只要稍微刮一点轻风，我乘小船过去时就会晕船！"

"晕船？"

"我在池塘里都会晕船！我在浴缸里都会晕船！现在您还想劝我走这条路吗？还敢建议我租一条三桅小帆船，一条单桅三角帆船，一条快帆船或者其他类似这种叫人恶心的机器吗？您试试看！"

值得尊敬的荷兰人肯定是不敢了，从海上穿过去的办法也就被否决了。

那么该走哪条路线呢？交通非常困难——至少在土耳其本土上是这样的——不过也决不是没法走的。在通常的路途上有一些驿站，所以完全可以带上食品、帐篷、旅行箱，在一个导游的带领下骑马前进，或者跟着一个驿站信使走就可以了。不过信使从一地到另一地的时间是有规定的，所以不习惯走长路的人如果跟他走，即使跟得上也会累得筋疲力尽。

不用说，凯拉邦大人是决不会打算按照这种方法绕黑海走上一圈的。他要走的速度，不错！但还要走得舒服。这不过是一个钱的问题，而这个问题是难不倒加拉塔郊区的这个富有的批发商的。

"那好，"范·密泰恩顺从地说，"不过，我们既不坐火车也不乘船，那又怎么旅行呢，凯拉邦朋友？"

"乘驿站快车。"

"用您的马？"

"不，用驿站的马。"

"您在整个旅途中都能找到可以让我们使用的马？……"

"没问题。"

"您要为此花费很多钱吧？"

"能花费多少钱就掏多少钱！"凯拉邦大人答道，他又开始激动起来了。

"那么您要付出一千土耳其镑，也许要付一千五百镑！"

"好吧！不管是几千镑，几百万镑都没问题！"凯拉邦喊道，"不错！需要的话付上几百万镑！您的反对意见还有没有？"

"没有了！"荷兰人答道。

"该出发了！"

这几个字说出来时的声调，完全可以使范·密泰恩保持沉默了。

但是他还是让他固执专横的朋友清楚的知道，这样一次旅行需要大笔的花费；他在等着从鹿特丹寄来的一大笔钱，打算存在君士坦丁堡的银行里，因此他现在手里没有钱，还有……

对于这一切，凯拉邦大人让他不要说，说这次旅行的一切花销都由他负担；说范·密泰恩是他的客人，加拉塔区富有的批发商没有让他的客人付钱的道理，等等。

对于这个"等等"，荷兰人以沉默表示同意。

若不是凯拉邦大人拥有过一辆英国生产的老式车并且已经试验过的话，他为了这次艰难的旅行是会不惜使用通常用牛拉的土耳其两轮马车的，不过他去鹿特丹旅行时曾经用过的老式的驿站马车还一直放在车库里，而且保存得相当好。

这辆马车完全可以供三个旅行者舒舒服服地使用。前面在那些天鹅颈项般的弹簧之间，马车的前半部放着一只巨大的装食物和行李的箱子，主车厢后面也有一只箱子，箱子上装有带篷的小车厢，两个仆人可以舒服地待在里面。这辆车应该作为邮车使用，因为根本没有车夫的位置。

这辆车的样式看起来太老了，毫无疑问会使熟悉现代车辆的人感到可笑；不过它很结实，有质量上乘的车轴，轮辋宽大、辐条坚固的车轮；它安装在软硬适度的第一流的钢制弹簧上面，完全经得起刚刚在田野里开辟的道路上的一切颠簸。

就这样，两位主人占据了舒适的、装有窗玻璃和皮帘子的主车厢的底部，布吕诺和尼西布只能栖身于小车厢里，车厢前面有一个可以打开的玻璃窗。在这样的车里，他们连中国都能去了。让人感到幸运的是黑海没有一直伸延到太平洋的海岸，要不然范·密泰恩一定能够见识到天朝的帝国了。

但是要采取所有的措施，要办所有的事情，一夜的时间是并不太够的。所以商行的职员们经过了斋戒期间节制饮食的漫长的一天，正想到某个咖啡店补偿一下的时候却被发动起来了。另外有尼西布在那儿，他在这种场合办事是非常快速的。

至于布吕诺，他必须回到他和主人早晨出来的、佩拉大街的佩斯特旅馆里去，因为要把范·密泰恩和他的行李立即运到商行去。这两个荷兰人在他的专横的朋友的目光注视下，一刻也不敢离开。

"就这样决定了，我的主人？"布吕诺在马上走出商行的时候问道。

"跟这个固执的人还能有什么其他办法？"范·密泰恩无可奈何地答道。

"我们要围绕黑海走上一圈？"

"除非凯拉邦在路上改变主意，但这几乎想都不用想！"

"拍打所有土耳其人的脑袋，"布吕诺答道，"我不相信能再找到一个像他那么死硬的！"

"你的说法虽然不恭敬，但是非常正确，布吕诺，"范·密泰恩说，"也正因为我的拳头没有这个脑袋硬，我也就不打它了！"

"我还是愿意在君士坦丁堡休息，我的主人！"布吕诺又说，"旅行和我……"

"这根本就不是一次旅行，布吕诺，"范·密泰恩答道，"这只是我的朋友凯拉邦为了回去吃晚饭而走的另一条路！"

这种面对事物的方式并不能使布吕诺平静下来。他讨厌出门，而现在却要出门几个星期，也许要几个月，要穿过很多不同的国家——他对这一点没什么兴趣，更担心的是这一路都很难走，甚至很危险。不仅如此，这些长途跋涉所带来的疲劳会使他消瘦，从而失去标准的体重———百六十七斤！——他对此是多么舍不得啊！

因此他那句曾经总是挂在嘴上的悲惨老调又在他主人的耳边响了起来：

"您会倒霉的，先生，我再对您说一遍，您会倒霉的！"

"我们会看到的，"荷兰人答道，"你还是去找我的行李吧，我要买一本旅行指南来研究这些不同的国家，还要买一个笔记本来记录我的所见所感。以后你再回到这儿，布吕诺，你就可以歇息了……"

"什么时候？……"

"等我们绕了黑海一圈之后，因为我们别无选择，要这么做了！"

听到这种连一个穆斯林都不会否认的宿命论的说法，布吕诺摇着头，离开商行到旅馆去了。说实话，这次旅行对他来说没有丝毫好处！

两个小时以后，布吕诺带着几个脚夫回来了，他们背着没有支架只用粗背带捆在背上的背货架。他们是本地人，穿着衬有毡子的衣服，有凸纹的羊毛长袜，头戴一顶绣着彩色丝线的"卡拉"，脚上是双层底的鞋子，总之是几个土耳其人，被泰奥菲尔·戈蒂埃非常精确地称之为"没有驼峰的两脚骆驼"。

正是由于他们背负着许多包裹，他们的背部果真是驼的。这些包裹都被扔在商行的院子里，然后装在从车库里拉出来的马车上。

此时，凯拉邦大人作为精明的批发商处理着他的事情。他察看了马车的状况，核对了他的日志，对领班作了一些指示，写了几封信，带了一大堆金币，因为在 1862 年，纸币已经失去信誉，不再使用了。

因为有一段路程要沿着莫斯科帝国的海岸走，凯拉邦就需要一定数量的俄罗斯货币，他想用他的奥斯曼镑到塞利姆的银行去兑换，因为他的旅程使他必须经过敖德萨。

准备工作很快就做好了。生活必需品都放置在马车的箱子里。里面还放了一些防身的武器——谁也无法预料会发生什么情况，必须以防万一。此外，凯拉邦大人没有忘记带上两个水烟筒，一个留给范·密泰恩，一个给自己，这是一个烟草批发商并且是土耳其人必不可少的用具。

至于马匹，他们在当晚就提前订好了，明天一早就会被送来，从午夜到日出，还有几个小时可以用来吃晚饭和睡觉。第二天当凯拉邦大人醒来的时候，所有的人都起了床，穿上了旅行的衣服。

马车已经套好，装上了箱子，驿站的马车夫骑在他的马上只等这些旅行者了。

凯拉邦大人向商行的伙计做出了最后的指示。一切都准备好现在就等出发了。

"难道说，就这样决定了！"范·密泰恩向他的朋友凯拉邦最后说了一遍。

作为回答，凯拉邦指了指车子，车门已经打开了。

范·密泰恩弯着腰，踩上踏板，在马车里的左边坐好。凯拉邦大人在他旁边坐了下来。尼西布和布吕诺爬到了小车厢里。

"天呀！我的信！"当这支热闹的队伍马上就要离开商行的时候，凯拉邦说道。

于是凯拉邦打开玻璃窗，把一封信交给一个伙计，交待他在当天早晨送到邮局里去。

这封信是写给斯居塔里别墅的厨师的，只有下面几句话：

"等我回来再吃晚饭。改一下菜单：奶酪面包片，用香料烧的羊肩肉，千万别煮太长时间。"

随后马车就晃动起来，驶向郊区的街道，在瓦里德—苏尔塔纳桥上穿过金科尔纳，从"伊埃尼—卡普西"，也就是"新门"出了城。

凯拉邦大人出发了！愿安拉保佑他！

第六章

旅行者们开始遇到一些困难，主要是在多瑙河三角洲。

从行政管理的角度来看，欧洲部分的土耳其划分成一些省份，由苏丹任命的总督进行统治。省再划分成行政区，由一个"穆斯特萨里夫"管理；行政区再划分成区，由一个"卡伊马康"管理；区再划分成"纳希埃"，也就是市镇，由一个"穆迪尔"或选举的镇长管理。所以它的行政管理系统也和法国差不多。

不管怎么样，从君士坦丁堡到边境的道路要经过鲁梅里亚，凯拉邦大人与那里的当局应该只有很少的、甚至没有任何的关系。这条路离黑海海岸最近，可以最大程度地缩短路程。

这是个适合旅行的好天气，海上的微风吹过这个平坦的地区，气温凉爽宜人。田野上生长着玉米、大麦和黑麦，还有在奥斯曼帝国的南方十分茂盛的葡萄园。接着是一些橡树林、枞树林、山毛榉林、桦树林；还有一片片的法国梧桐、犹太树、月桂树、无花果树、角豆树，值得注意的是在靠海的地方有一片片的石榴树和橄榄树，与欧洲同纬度的地势低的地区的树木一样不差。

从伊埃尼门出来，马车走上从君士坦丁堡到舒姆拉的道路，从那里分出一条途经基尔克—基利塞伸向安德里诺布尔的岔道。这条路旁边就是铁路，甚至与它相交，而安德里诺布尔这个欧洲土耳其的第二都城，就是通过这条铁路与奥斯曼帝国的首都连接起来的。

恰巧在马车沿着铁路前进的时候，火车开过来了。一个游客迅速地把头伸出车厢门外，看见了凯拉邦大人带领的队伍正被有力的马匹拉着飞跑。

这个游客不是别人，就是马耳他船长亚乌德。他正在去敖德萨的路上，借助火车的速度，他到达的时间要比阿赫梅的叔叔早得多。

范·密泰恩不禁把喷着蒸汽飞驰的列车指给凯拉邦大人看。

后者按自己的习惯耸了耸肩膀。

"喂！凯拉邦朋友，这列车跑得可快哪！"范·密泰恩得意地说。

"还是等到了再说吧！"凯拉邦大人满不在乎地答道。

在旅行的第一天，应该说一刻都没有耽误。有大量金钱帮忙在驿站里永远不会遇到任何麻烦，连马匹都同马车夫一样，愿意被套上来运送一位如此大方地支付报酬的老爷。

他们经过查塔尔介、比于克汗，行驶在使河流流入马尔马拉海的所有斜坡的边上，越过乔尔卢河谷，耶尼克伊村，然后穿过加拉塔河谷，据说从前曾经挖掘了一些横穿这个河谷的地下运河，目的是把水引向首都。

天黑了下来，马车仅仅在塞拉伊小镇呆了一个小时。箱子里带的食物主要是为经过那些连一顿普通饭菜都吃不到的地区预留的，因此还是保存起来。于是他们便在塞拉伊随便地吃了点儿晚饭就又出发了。

布吕诺可能觉得在小车厢里过夜有点不舒服，但尼西布对这种不同一般的处境却处之泰然，并且睡得那么香，连他的同伴也跟他一起睡着了。

因为要避开陡坡与河谷的沼泽地，他们行驶在靠近维泽的一条弯弯曲曲的长路上，所以一夜安然无恙。范·密泰恩最为遗憾的是没有时间看一看这个只有七百居民的小城，城里居住的几乎都是希腊人，而且还是一个东正教的主教的所在地。不过他并不是来参观考察的，而是跟随专横固执的凯拉邦大人来的，后者对于旅行见闻并不关心。

下午将近五点钟的时候，这支队伍已经穿过了布纳尔—伊桑、伊埃乌斯库普等村庄，绕过一个到处都是坟墓的阴森的小树林，那里安葬着许多受害者的遗骸，他们是被曾经在这里横行霸道的一帮凶狠的强盗杀死的。接着他们来到了一个比较重要的城市，那就是有一千六百居民的基尔克—基利塞。这个名称的意思是"四十个教堂"，顾名思义城里有很多的宗教建筑物。范·密泰恩带着他的仆人布吕诺考察了很长时间，说实话，这仅仅是一个小河谷，房屋都坐落在河底和两侧。

马车停在一家打扫得很干净卫生的旅馆的院子里，凯拉邦大人和他的同伴们过夜之后在清晨又匆忙上路了。

在8月19日这一天，马车夫们穿过卡拉布尔纳尔村，天都黑了才到达建在布尔加兹海湾上的布尔加兹村。这一夜他们在一个"卡尼"里休息，就是一种简陋的旅店，显然还不如他们的驿站马车。

翌日早晨，道路终于离开黑海海岸，把他们带向阿伊多斯，黄昏时抵达帕拉瓦迪，这是从舒姆拉通向瓦尔纳的小铁路的一个不大的车站。他们正在经过位于巴尔干山脉最后几座山脚下面的、多布罗加南端的保加利亚省份。

他们在这里遇到了不小的麻烦，一会儿走在泥泞的河谷当中，一会儿穿过大片异常茂盛的水生植物，马车费了九牛二虎之力才钻过去，把躲在这片崎岖不平的土地上无数只针尾鸭、山鹬、沙鸡都吓得飞了起来。

众所周知，巴尔干半岛形成了一条重要的山脉。它在鲁梅里亚与保加利亚之间通向黑海，从北部的山坡上分出许多山梁的分支，几乎一直通到多瑙河。

凯拉邦大人的耐心在那里有机会经受了严峻的考验。

当不得不翻越山脉的尽头为了再下去到达多布罗加的时候，山坡陡得几乎无法接近，转弯处使马匹不能同时拉车，狭窄的小路两边是悬崖峭壁，骑马过去还可以，车辆就很难通过了。这样就要花费大量时间，并且使人心烦意乱而相互指责。有几次必须卸下马匹、垫起车轮，以便使车辆走出困境——特别是要垫进大量的金钱，这些金币都掉到了威胁着要往回走的马车夫们的口袋里。

啊！凯拉邦大人理由充足地咒骂现在的政府，因为帝国的道路状况如此恶劣，它根本不在乎车辆在各个省里能不能顺利行驶！但是政府对花样繁多的税收、费用的征收和欺压百姓却一点儿都不犹豫，这些情况凯拉邦大人一清二楚！通过博斯普鲁斯海峡要缴十个巴拉！他一直想着这一点，就像被一个摆不脱的念头缠住一样，十个巴拉！十个巴拉！

范·密泰恩在回答凯拉邦的话时，不管说什么都小心翼翼的，当面反驳会引起争吵，因此为了平息他的怒气，范·密泰恩也对土耳其政府大加讽刺，以至于所有的政府都成了他嘲笑的对象。

"但是这是不可能的，"凯拉邦说道，"难道在荷兰也会有这样荒唐的事情？"

"当然，是有的，凯拉邦朋友。"范·密泰恩答道，他首先要使他的同伴心平气和下来。

"我对您说没有！"凯拉邦又说，"我告诉您肯定只有在君士坦丁堡才会有这样的不公平！在荷兰是不是一直没有想到要对小船收税？"

"我们没有小船！"

"这有什么关系！"

"怎么没有什么关系？"

"哎！你们早晚会有小船的，你们的国王也决不会向它们收税！这些新土耳其人的政府是世界上最糟糕的政府，您现在该同意我的看法了吧？"

"最糟糕的，当然是这样！"范·密泰恩回答说，目的是立即结束一场已经稍见端倪的争论。

为了使这次简单的谈话顺利结束，他拿出了他的荷兰长烟斗，这样也使凯拉邦大人想在水烟筒的烟雾里享受一番。车厢里马上烟雾缭绕，必须打开玻璃窗让它扩散出去。值得高兴的是这种麻醉般的昏沉感觉终于征服了他，使这位固执透顶的旅行者立刻变得沉默和安静，直到某个事故又使他回到了现实之中。

在这个荒无人烟的地区没有一个休息的地方，所以他们不得不在驿站马车上过了 8 月 20 日到 21 日这个晚上。直到将近早晨的时候，他们才走出巴尔干山脉的最后的分支，到达罗马尼亚边境以外多布罗加的易于车辆行走的土地上。

这个地区仿佛是由多瑙河的一个宽大的拐弯形成的半岛，多瑙河在北方向加拉茨流去以后，又转向东边经过几个出口流入黑海。事实上这种把这个半岛与巴尔干半岛连接起来的地峡，便是切尔纳沃达与库斯当介之间的省份的一部分。这里有一条从切尔纳沃达始发的、最多只有十五至十六公里的小铁路。但是在铁路以南从地形学的角度来看和北方几乎一样，可以说多布罗加的平原又在巴尔干山脉的最后几座支脉上形成了。

土耳其人称呼这块肥沃的地带为"好地方"。这里的土地属于首个占领者。游牧的鞑靼人虽然没有居住遍，但至少也走遍了这个地方，在河的旁边生活着瓦拉几亚人。奥斯曼帝国在这里拥有一片广阔的地区，其中的谷地正好与地面相平，完全没有凸起，看来更像是延伸到多瑙河河口的一片片森林为止的高原的延续。

这片土地上的道路非常平坦，马车可以走得更快了。驿站的站长们看到用他们的马时也没有理由抱怨了，有时就算是低声埋怨也只是因为习惯了。

因此他们走得既迅速又顺利。8 月 21 日的中午，马车在科斯利察更换了驿马，当天晚上就到了巴扎尔基克。

凯拉邦大人打算在这里过夜，让所有的人休息一下。这恰合布吕诺的心意，但是他为了谨慎起见一言未发。

第二天早晨，马车套上了新换的马匹，朝着卡拉苏湖飞驰而去。这个湖像一个巨大的漏斗，由地下的泉水汇成的湖水，又流入多瑙河。十二个小时行驶了大约二十四公里，快到晚上八点钟的时候，旅行者们在从库斯当介到切尔纳沃达的铁路面前正对着梅基迪埃车站停了下来，这是一个刚刚形成的城市，但已经有了两万人，而且将会变得更加兴旺。

这里的道路被一列火车拦住了，要等上整整一刻钟才可以通行。凯拉邦大人有点儿高兴，因为他不能穿过铁路到商队旅店去，他是打算在那里过夜的。

由此产生了对铁路部门的种种不满和指责，因为它不但使愚蠢地乘坐火车的旅客们筋疲力尽，而且还浪费了拒绝坐火车的人的时间。

"不管怎样，"他对范·密泰恩说，"我是决不会碰上一次铁路事故的！"

"这谁也不能预料！"范·密泰恩回答得也许不大谨慎。

"可我知道！我！"凯拉邦大人以不容反驳的口气说道。

火车终于在梅基迪埃车站出发了，木栏打开了，马车驶了过去。旅行者们在城里一家非常舒适的商队旅店里休息，这个城市的名字就是为了表示对阿卜杜尔—梅基德苏丹的尊敬而起的。

第二天，大家非常顺利地穿过一块荒僻的平原，到达了巴巴达，不过天已黑得伸手不见五指，看来还不如连夜赶路好。第二天傍晚快到五点钟的时候，他们在图尔察停了下来，这是摩尔达维亚最重要的城市之一。

这个城市里有三万到四万人：吉尔吉斯人、诺加伊人、波斯人、库尔德人、保加利亚人、罗马尼亚人、希腊人、亚美尼亚人、土耳其人和犹太人混杂地住一起，凯拉邦大人在这里很容易找到一个比较舒适的客栈，他很快找到了。范·密泰恩经过他的同意，趁机游览了图尔察，它的风景如画的盆状地形展开在一个小山脉的北坡上，远处是一个因河流变宽而形成的海湾，对面便是分成两部分的伊兹梅尔城。

第二天是 8 月 24 日，马车在图尔察前面越过多瑙河，冒险穿过由河的两大支流形成的三角洲。第一条是通行轮船的，称为图尔察支流；另一条更靠北面，穿过伊兹梅尔和基里亚，分成五条航道汇入黑海，这就是人们常说的多瑙河河口。

在基里亚和边界以北是比萨拉比亚，它向东北方向延伸十五公里左右，就成了黑海海岸的一部分。

毫无疑问，曾经引起许多科学争论的多瑙河这个名字的来源问题，也使凯拉邦大人和范·密泰恩两人之间进行了一场纯属地理学方面的争论。在赫西奥德①时代希腊人曾称它为伊斯特河或希斯特河；罗马军队带来了"多瑙维尤斯"这个词，是恺撒首个称它为多瑙河；这个词在色雷斯的语言里的意思是"多云"；它来自克尔特语、梵语、古波斯语或希腊语；波普教授和温迪施曼教授在就这个起源进行争论的时候，公说公有理，婆说婆有理；只有凯拉邦大人说多瑙河这个词出自古波斯语的"阿斯达努"，意思是"湍急的河流"，终于像往常一样使他的对手不说话了。

但是不管多么湍急，水流还是不能带走全部的水量，而是把河水留在凹陷的河床里，因此人们不得不重视这条大河的洪水。但是凯拉邦大人生性固执，对别人的这些意见根本就听不进去，执意赶上马车去穿越辽阔的三角洲。

他在这个人烟稀少的地方并不寂寞，这条路上有许多野鸭、大雁、白

---

① 赫西奥德（公元前 8 世纪—公元前 7 世纪），古希腊诗人。

鹱、鹭、天鹅、鹈鹕，就像是陪伴他的队伍。然而他忘记了这一点，大自然既然创造出这些涉禽类或蹼足类的水生鸟类，就不得不要有橡皮蹼套或者高跷才能在这个地区行走，因为在雨季之后涨大水的时期，这里通常都被水淹没了。

最近几次洪水使这里的土地泥泞不堪，我们必须承认拉车的马匹走起来很不适应。这条在苏利纳流入黑海的多瑙河支流那边只有一片广阔的沼泽地，其中的一条道路根本无法过人。尽管马车夫们提出建议，范·密泰恩也表示接受，凯拉邦大人依然命令继续前进，而对于他只能妥协。于是发生了这样的事情：将近黄昏的时候，马车突然就陷入了泥淖之中，不可能仅仅靠马把它拉出来。

"这个地区的道路修建得不好！"范·密泰恩认为应该说出这一点。

"它们就是这样！"凯拉邦答道，"有这样一个政府它们就只能这个样子！"

"如果我们退回去走另一条路可能会更好一些？"

"恰恰相反，我们最好是继续前进，决不改变我们的路线！"

"可是怎么走呢？"

"这容易，"这个固执透顶的人回答说，"就是到最近的村庄里去找一些马来。我们睡在车子里还是旅馆里，这无关紧要！"

对于他是无关紧要。马车夫和尼西布被派去寻找最近的村庄，它一定很远，他们很可能到第二天早上才能回来。凯拉邦大人、范·密泰恩和布吕诺就只好在这片广阔的荒原当中休息，就像被遗弃在澳大利亚中央的荒漠深处一样。所幸的是马车在泥淖中虽然陷到了轮毂，却没有再继续陷下去的危险。

然而夜里四周一片漆黑。大块的云层低低地聚集在一起，在黑海海风的吹送下在天空中飞驰。虽然没有下雨，浸透水的土壤仍升起一股强烈的潮气，就像极地的雾一样浸透了一切。十步以外就什么都看不见了。只有两盏车灯在沼泽地浓浓的水汽中发出朦胧的光亮，也许把它们关掉了更好一些。

不错，这点光亮也许会引来一些不速之客。但是在范·密泰恩指出这一点之后，他的固执的朋友认为值得讨论，而讨论之后范·密泰恩的意见就不了了之了。

然而聪明的荷兰人是有道理的，但是如果他要点花招的话，本来可以劝说他的同伴让灯亮着：这样凯拉邦大人就很可能把它们熄灭了。

第七章

拉车的驿马由于恐惧而做出了即使在车夫的鞭子下也不做的事情。

此刻已是晚上十点钟。凯拉邦、范·密泰恩和布吕诺把绑在车上的箱子里食物取出一些当作晚饭吃了以后，顺着脚下一条崎岖的羊肠小道，吸着烟走了大约半个小时。

"现在，"范·密泰恩说，"凯拉邦朋友，我们要一直待到找到马匹到来的时候，我想您不会有丝毫不同意见了吧？"

"当然不会！"凯拉邦在思索之后答道。对于一个从来都顽固透顶的人来说，这样回答有点出人意料。

"我愿意相信在这片绝对荒无人烟的原野里，"范·密泰恩补充说道，"我们没任何东西可害怕的了？"

"我也愿意相信。"

"没有任何值得担心的攻击？"

"没有……"

"当然这是除了蚊子的攻击之外！"布吕诺说，他刚刚向自己的额头上狠狠击了一掌，打死了很多蚊子。

果然，也许是受到灯光的吸引，这些极其讨厌的昆虫成群结队地飞来，开始有恃无恐地围着马车飞来飞去。

"嗯!"范·密泰恩看了看说,"这里有这么多的蚊子,有一顶蚊帐再好不过了!"

"这根本不是蚊子,"凯拉邦大人挠着脖子说道,"我们缺少的也根本不是一顶蚊帐!"

"那这是什么?"范·密泰恩问道。

"是同类,"凯拉邦回答说,"这些所谓的蚊子是它们的同类!"

"我要是分得清楚才怪呢!"范·密泰恩想,他认为没必要就这个纯属昆虫学的问题展开一场争论。

"有意思的是,"凯拉邦指出,"这些昆虫只有雌的才叮人。"

"这些雌性的代表我认得很清楚!"布吕诺搔着腿肚子说道。

"我想我们还是聪明些回到车上去,"范·密泰恩说,"要不然我们就要被这些昆虫吞吃了!"

"对极了,"凯拉邦答道,"这些同类在多瑙河下游穿过的地区特别多,预防它们的办法只有夜里在床上,白天在衬衫和袜子里撒除虫菊粉……"

"但是我们根本没有这种东西!"范·密泰恩接着说。

"当然没有,"凯拉邦答道,"因为没人预料得到,我们会在多布罗加的沼泽里陷入这种困境呢?"

"谁都料想不到,凯拉邦朋友。"

"我曾经听说过,范·密泰恩朋友,一块克里米亚鞑靼人的移民地,也就是土耳其政府在这个河流的三角洲地区让给他们一大片地区,结果这些昆虫的军团把他们赶走了。"

"根据我们看到的情况,这段历史很可能是真的!"

"那我们赶快回到马车上去吧!"

"我们只是出来太久了!"范·密泰恩答道,他在翅膀的嗡嗡声中心烦意乱,振翅的数量每秒达数百万次之多。

凯拉邦大人在即将和他的同伴上车的时候又停了下来。

"虽然没什么可担心的，"他说，"最好还是让布吕诺守夜等着马车夫回来。"

"他不会拒绝的。"范·密泰恩答道。

"我不会拒绝的，"布吕诺紧接着说，"因为不拒绝这样做就是我的责任，可是我就会被活活地吃掉的！"

"不！"凯拉邦反驳说，"我必须说明这些昆虫是不会在同一个地方叮两次的，因此布吕诺马上就不会再被叮了！"

"是的！……当我被叮了无数次之后！"

"我说的就是这个意思，布吕诺！"

"不过，我应该可以在小车厢里守夜吧？"

"完全可以，只要你保持清醒！"

"在这么可怕的蚊群当中，我怎么可能睡得着？"

"是昆虫，布吕诺，"凯拉邦答道，"只是昆虫！……别忘了这一点！"

说完这句话，凯拉邦大人和范·密泰恩进了车厢，剩下布吕诺一个人去为他的主人，或者确切地说应该是为他的主人们守夜。自从凯拉邦和范·密泰恩相遇之后，他不是有两个主人了吗？

在肯定马车的门已经关好之后，布吕诺看了看套车的马。它们累得筋疲力尽，躺在地上大声地喘息着，呼出的热气与这片沼泽地上的雾气混合在一起。

"神仙也没法把它们从这道车辙里拉出来！"布吕诺想着，"应该承认凯拉邦大人是下了决心才走这条路的！总之是因为他才会这样的！"

布吕诺重新爬进关上了车窗的小车厢，透过车窗他可以看清被灯照亮的地方。

除了睁着眼睛，用胡思乱想来克制睡意，想想他的主人带着他跟在固执透顶的奥斯曼人后面经历的一系列冒险，布吕诺还有什么更好的事情可做呢？

"就这样，他，一个古代的巴塔维亚①的孩子，一个鹿特丹街道上的游荡者，一个默斯码头的常客，一个经验丰富的钓鱼人，一个在故乡的城市里交织成网的运河边上无事可做的人，被送到了欧洲的另一端！从荷兰到奥斯曼帝国，他一下就跳了过去！而刚刚在君士坦丁堡上岸，命运就把他丢到了多瑙河下游的荒原上！在多布罗加的沼泽地一个深夜里，他待在一辆马车的小车厢里，马车陷在泥里比祖伊德克的哥特式钟楼还要深！这所有的一切都是由于他必须听从他的主人，而他的主人虽然不是被强迫却也同样要服从凯拉邦大人。"

"哦！人类的关系真是奇怪！"布吕诺一再说道，"我此刻正绕着黑海转圈子，我们是决不会为了十个巴拉这样做的。我很愿意由我来付这笔钱，要是我事先多想一想，瞒着这个最暴躁的土耳其人付了钱就好了！啊，固执的人！固执的人！从出发到现在，我肯定已经瘦了两斤了！……仅仅四天！……四个星期以后会是什么样子！——好啊！又是这些该死的蚊子！"

不管布吕诺把车窗关得多么紧，十来只库蚊还是挤了进来，并且对这个可怜的人开始叮咬。他不停地拍打、挠痒，忙于对付库蚊，而凯拉邦大人却根本听不见。

一个小时接着一个小时过去了。要是没有这些库蚊的令人发狂的进攻，疲惫不堪的布吕诺肯定就会睡着了。但是，要在这种处境下睡觉是办不到的。

大约刚过午夜，布吕诺想出了一个办法。他本应该更早想到这一点，因为他是个纯血统的荷兰人，生来就是找烟管的。这个办法就是吸烟，用一口口的烟雾来制止蚊子的进攻。他怎么没有更早点想到呢？若是它们能

---

① 即现在的印度尼西亚的雅加达。

经得起他即将喷满小车厢的烟酸的气味，那就不言而喻多瑙河下游的沼泽地当中的蚊子肯定有着顽强的生命力。

布吕诺便从口袋里掏出他的陶瓷烟斗，上面雕刻着上釉的花朵——和他在君士坦丁堡被蛮不讲理的家伙夺走的那个烟斗一样。他把烟斗装满烟草，就像装上准备射向敌人的子弹，接着他用打火机点燃了烟斗，深深地吸了一口荷兰质量上等烟草的烟雾，吐出了一串呛人的烟圈。

蚊群起初拼命挥动翅膀，发出烦人的嗡嗡声，接着就渐渐躲到车厢的最黑暗的角落里去了。

布吕诺对自己的手段感到非常满意。他刚才采用的方法妙不可言，来犯者正在仓皇后退。但是他不想抓俘虏，反而打开窗户，给了车厢里的蚊子一条生路，因为他知道一口口的烟雾肯定能够挡住外面的蚊子了。

布吕诺这样做了以后，终于可以摆脱了这个紧追不舍的双翅类军团，而且还可以冒险地看看外面的情况了。

夜依然这么黑。不知从什么时候开始，刮起了一阵阵大风，有时连车子也摇晃起来，但是它牢牢地陷在泥里，甚至陷得太牢了，因此根本用不着担心它会翻过去。

布吕诺时不时向前面看，看北面的地平线上是否有一点亮光，说明马车夫带着借来的马匹回来了。但是从灯光范围以外的马车前方都是一片漆黑，看不到任何东西。不过当他把目光转向旁边的时候，在大约六十步远的地方布吕诺隐约看见了一些光点在黑暗中无声无息地迅速移动着，一会儿贴着地面，一会儿又比地面高出两三尺。

布吕诺最先想到那是不是磷光，因为沼泽地里肯定含有硫化氢，地面上就可能产生磷火。

然而若是说他善于动脑，他的理智也许会导致他判断失误的话，拉车的马匹并不会这样，它们的本能不会搞错这种现象的原因。果然，它们开始显得躁动不安，翕着鼻翼，不同一般地打着响鼻。

"哟！这是怎么了？"布吕诺想道，"肯定又碰到什么意外了！会不会是狼呀？"

如果说这是被马匹的气味引来的狼群，也并非不可能。这些狼在多瑙河三角洲数量不少。

"见鬼！"布吕诺小声说，"那可比成群结队的蚊子或库蚊还要凶猛！这一次烟雾对它们来说不值一提！"

这时马匹已经表现出强烈的暴躁不安，这不能不引起他们的注意。它们试着在厚厚的沼泽地里用后腿猛踢并站起来，使车子剧烈地晃动着。那些光点好像靠近了，风的呼啸声中伴随着一种低沉的叫声。

"我想，"布吕诺考虑着，"该是告诉凯拉邦大人和我的主人的时候了！"

情况万分紧急。于是布吕诺悄悄地溜到地上，放下马车的踏板，打开车门，钻进主车厢以后又把门关紧，车厢里的两个朋友正靠在一起呼呼地睡大觉。

"主人！……"布吕诺低声叫道，并且用手推着范·密泰恩的肩膀。

"让弄醒我的讨厌家伙去见魔鬼！"荷兰人揉着没睡醒的眼睛喃喃自语。

"问题不在于把人打发到魔鬼那里去，而是因为魔鬼可能已经来了！"布吕诺答道。

"是谁在同我说话？……"

"是我，您的仆人。"

"哦！布吕诺！……是你？……总之，你叫醒我是对的！我正梦见我的夫人……"

"找您麻烦了！……"布吕诺答道，"现在真的遇到麻烦了！"

"发生什么事了？"

"您能不能叫醒凯拉邦大人？"

"让我叫？……"

"是的！必须叫醒他了！"

睡眼惺忪的范·密泰恩不再多问，摇晃着他的同伴。

没有比土耳其人睡得更沉的了——只要这个土耳其人有一个好胃口和清醒的头脑，范·密泰恩的同伴就是这样的人，所以必须摇晃多次。

凯拉邦大人的脾气是固执暴躁的，因此连眼皮也没抬，只是不停地哼哼和抱怨。他在睡觉和醒着的时候一样固执，本该让他继续睡下去。

然而范·密泰恩和布吕诺不停摇晃，凯拉邦大人最终还是醒了，伸出手臂，睁开眼睛用还是有点稀里糊涂的模糊声音问道：

"嗯！马车夫和尼西布把借来的马匹带来了吗？"

"还没有来。"范·密泰恩答道。

"那干吗叫醒我？"

"因为马匹即使还没来到，"布吕诺回答说，"但有些别的非常可疑的动物来了，把车子围了起来要发起攻击！"

"知道是些什么动物吗？"

"瞧！"

车门的玻璃窗被打开了，凯拉邦把身子伸向外面。

"愿安拉保佑我们！"他喊道，"那是一大群野猪！"

他说得对，那正是野猪。在与多瑙河港湾相接的整个地区这种动物数量极多。它们的攻击极为可怕，所以人们把它们归入猛兽之列。

"我们该怎么办？"布吕诺问道。

"它们要是不攻击，我们就静观其变，"凯拉邦答道，"它们要是发起进攻我们就进行抵抗！"

"这些野猪为何要攻击我们呢？"范·密泰恩又说，"据我所知它们根本不是食肉动物！"

"是这样，"凯拉邦答道，"不过我们即使被吞吃掉，也有可能死无全尸!"

"都一样。"布吕诺平静地提醒说。

"所以我们要准备应付即将到来的不测!"

凯拉邦大人说完就把武器分配好。范·密泰恩和布吕诺每人一支能连发六响的左轮手枪和一些子弹。他自己是"老土耳其人",是所有现代发明的公开的敌人,因此只有两支奥斯曼帝国制造的手枪,枪管上画有金银丝图案,枪托上点缀着鳞片和宝石,但是更适合用来装饰军官的腰带,而不是用于真正的战斗。范·密泰恩、凯拉邦和布吕诺只能依靠这点武器,所以一定要在有把握的时候才开枪。

此刻二十来只野猪已经渐渐靠近并围住了车子。吸引它们来到这里的无疑是灯光,在灯光下面可以看到它们疯狂地东奔西跑,而且用獠牙掘着地面。这群野猪的个头像驴那么大,而且力气大得惊人,一头野猪就能对付一大群猎狗,所以躲在车里的人们在天亮以前若是受到前后夹攻的话,处境是非常让人忧心的。

拉车的马也感觉到这一点。在野猪的叫声中,它们喷着鼻息,向旁边扑去,使人担心它们会弄断绳套或马车的车辕。

突然响起了几下枪声。那是范·密泰恩和布吕诺刚刚用他们的左轮手枪向发起攻击的野猪每人开了两枪。受了伤的野猪狂吼着在地上滚来滚去,而其他被激怒的野猪则向车子疯狂扑去并用獠牙进行攻击。车厢的四周被戳穿了好几处,而且很明显一会儿就会被捅破。

"喔唷!喔唷!"布吕诺小声惊呼。

"开枪!开枪!"凯拉邦大人不停地说,同时退出他手枪里的子弹,原因是他的手枪通常每四枪就有一枪不发火——虽然他自己不想承认。

布吕诺和范·密泰恩的手枪又击中了一些可怕的进攻者,其中几只是直接扑向拉车的马匹的。

在野猪的獠牙进攻下,这些马自然感到惊慌,但它们又不能自由活动，只能用蹬蹄子来作出反应。如果它们不用拉车的话，就会跑向田野，那时在它们和野猪之间就只是一个速度问题了。所以它们拼命想弄断绳套以便逃命。但是绳套是由一股股结实的绳子做成的，怎么也拉不断。所以要么是马车的前半部突然断裂，要么是马车在这些马匹猛烈的拉动下被拖出泥坑。

凯拉邦大人、范·密泰恩和布吕诺都知道这一点，令他们最担心的是车子会不会翻倒。枪声对野猪来说已经没什么作用，如果它们扑到车上来，车里的人也就完了。可是如何才能解决这样一种可能发生的情况呢？他们眼看就要受这群疯狂的野猪的摆布了。然而他们仍然保持镇静，也毫不吝惜手枪的子弹。

突然，一下更加猛烈的震动摇晃着马车，似乎前半部已经脱开了。

"哦！太好了！"凯拉邦喊道，"让我们的马跑到荒原上去吧！野猪就会去追它们，我们就平安了！"

但是前半部实在太结实，经得起拖拉，不愧是英国车身制造业的老牌产品，所以它没有在拖拉下断裂。让步的倒是马车，在如此猛烈的摇晃下它被拉出了陷到车辙的车轴。吓得发疯的马匹最后一下子把车拉上了比较结实的地面，车子在这个深夜里没有任何向导，只是被这些暴躁的马拉着胡乱狂奔。

然而野猪根本没有放弃这场战斗。它们在两边跑着，有一些向马匹发起攻击，另一些进攻马车，使车子无法和它们拉开距离。

凯拉邦大人、范·密泰恩和布吕诺被抛到了车厢的最里面。

"也许我们都会翻倒……"范·密泰恩说。

"也许我们都不会翻倒……"凯拉邦答道。

"一定要尽快找到这些向导！"布吕诺明智地提醒说。

他说着打开前面的玻璃窗，伸出手去看看能否碰到这些向导，但是马匹在挣扎时早已把他们都甩掉了，现在只能任由马车在这个沼泽地区毫无目的地狂奔。要想使马匹停下来只有一个办法，那就是让追击它们的野猪群也停止进攻。但是靠这些武器是远远不够的，子弹都浪费在这群乱跑的野兽身上了。

路上的每一次颠簸，都使旅行者们彼此撞在一起，或者被从车厢的一个角落抛到另一个角落。凯拉邦作为一个忠诚的穆斯林接受着他的命运的安排，两个荷兰人则冷静地一言不发。

一个多小时就这样过去了。马车一直在飞驰，野猪们并未放弃追击它。

"范·密泰恩朋友，"凯拉邦终于开口，"我想说一说在类似的情况下，就是有一个旅行者在俄罗斯大草原上被一群狼追赶的时候，多亏了他仆人的崇高的献身精神才得救的。"

"他是怎么得救的呢？"范·密泰恩问道。

"哦！没有比这更容易的了，"凯拉邦接着说，"忠诚的仆人拥抱了他的主人，把自己的灵魂托付给上帝，就跳到车子外面去，当狼群停下来撕咬他的时候，他的主人得以和狼群拉开了距离，然后得救了。"

"相当遗憾的是尼西布不在这儿！"布吕诺若无其事地答道。

想到这一点，三个人又都陷入了死一般的沉默之中。

这时夜越来越深了。马车依旧保持着令人恐惧的速度，野猪也无法靠近了。若是不发生什么意外，例如没有损坏一个轮子，没有过于猛烈的碰撞使马车翻倒的话，凯拉邦大人和范·密泰恩还会有一些得救的机会——就算没有布吕诺感到无法接受的献身精神也行。

但还是得承认，这些马匹在本能的指引下一直跑在它们走惯的这片荒原上。它们是在坚定地向着驿站笔直地跑去。

因此当太阳刚刚在东方的地平线上升起的时候，它们离驿站已经很近了。

这群野猪还是追逐了半个小时，然后渐渐地落后了，但马匹一刻也没有放慢速度，直到离驿站几百步的地方，才疲惫不堪地倒了下来。

　　凯拉邦大人和他的两个同伴得救了。基督徒的上帝和非基督徒的真主同样受到歌颂，因为他们在这个危险的夜晚分别保佑了荷兰和土耳其的旅行者。

　　当车子抵达驿站的时候，没有在漆黑的深夜里经历这场危险的尼西布和马车夫，正要带着借来的马匹出发。这些马便代替了原来的马。凯拉邦大人定然要为那些救了他们的马付一大笔钱。马车的绳套和辕木已经修好，因此连一个小时都没有休息，它又像往常一样奔驰在去基里亚的路上。

　　这个小城也是多瑙河的一个港口，位于名称也是基里亚的支流上。俄国人在把它归还给罗马尼亚之前，把它所有的防御工事都炸毁了。

　　8月25日傍晚，马车安然无恙地到了这个城市。筋疲力尽的旅行者们住进了城里的一家大旅馆，昏睡了整整一天，消除了前一天夜里的疲劳。

　　第二天他们一早就上路了，很快就到了俄罗斯的边界。

　　在这里又出了一些麻烦。莫斯科海关的繁琐的手续使凯拉邦大人的耐心经受了严峻的考验，幸亏他有商业上的联系——你说是倒霉或幸运都可以——俄语说得能够让人听明白。由于他固执地反对海关的规定，有一阵大家以为不会让他过境了。

　　这时范·密泰恩好言相劝才让他安静下来。凯拉邦于是同意接受检查，让人翻了翻他的箱子，使海关执行了它的权利，不过他依旧把这种绝对正确的想法说了好几遍：

　　"显然，所有的政府都是一样的，都不如一块西瓜皮！"

　　罗马尼亚的边境终于被一口气通过了，马车驶向黑海海岸朝东北方向勾勒出来的比萨拉比亚。

　　凯拉邦大人和范·密泰恩离敖德萨仅有二十来公里了。

第八章

读者会愿意认识一下阿马西娅姑娘和她的未婚夫阿赫梅。

阿马西娅姑娘是祖籍土耳其的银行家塞利姆的独生女，她正和侍女纳吉布在一幢豪华宅第的走廊里散步聊天，阶梯式的花园一直延伸到黑海边上。

阶梯的最后一个平台的梯级浸在水中，从黑海吹来的海风经常拍打着海水，但是这一天却风平浪静，向南半公里的地方，望得见雄伟壮观的敖德萨。

这座城市——辽阔的大草原当中的一块绿洲——形成了一幅由宫殿、教堂、旅馆、房屋组成的美景，它们建筑在陡峭的悬崖上，地基笔直地耸立在海水之中。从塞利姆的宅第甚至可以看见树木环绕的大广场，和黎世留公爵的雕像下面的层层阶梯。这位伟大的政治家建立了这个城市，而且一直管理着它，直到他投身于解放遭到无耻的欧洲同盟侵犯的法国领土的斗争为止。

北风和东风使城市的气候比较干燥，所以在炎热的季节里，这个新俄罗斯首都富有的居民都不得不到"库托尔"去避暑，而有些人忙于做生意，没时间到南方的克里米亚去整月地度假，但他们也想过得舒适一点，这就是海岸上的别墅日益增多的原因。在这些豪华的别墅当中，人们会看到银行家塞利姆的漂亮别墅，它的方位毫不客气地把一切冒失鬼都拦在门外。

如果问敖德萨这个名称的由来，它的意思是"奥德修斯之城"，一开始是给一个小镇起的名字。它在波将金时代和它的要塞一样都叫作哈基贝，由于人们被新城市的好处所吸引，他们就请求女皇卡特琳娜二世赐给它一个名称。女皇咨询了圣彼得堡科学院，院士们翻遍了特洛伊战争的历史，了解到从前在这段海岸上曾经可能存在过一个名叫奥德修斯的城市：因此在 18 世纪的末叶有了敖德萨这个名称。

敖德萨是一个商业城市，现在仍然是这样，可以相信它也许永远是这个样子了。它的十五万居民中不但有俄罗斯人，而且也有土耳其人、希腊人、亚美尼亚人，概括一下就是由对做生意有兴趣的人构成的国际性的居民点。然而若是说生意，特别是出口的生意没有商人是做不成的话，少了银行家也是做不成的。因此新城从一开始就建立了银行，其中塞利姆的银行最初并不起眼，现在却已跻身于广场上令人肃然起敬的行列之中。

塞利姆属于那类比人们所认为的数量要多的、实行一夫一妻制的土耳其人；他只有过一个妻子，现在是一个人；他有一个独生女阿马西娅，是凯拉邦大人的侄子阿赫梅的未婚妻；最后他是脑袋一向藏在传统的头巾的褶子里的最固执透顶的奥斯曼人的生意伙伴和朋友，如果你知道这些，对他的了解也就足够多了。

众所周知，阿赫梅和阿马西娅的婚礼将在敖德萨举办。银行家塞利姆的女儿决不会成为后房的第一个妻子，与数目或多或少的对手们一起在一个自私并且反复无常的土耳其人的内室。不！她要独自和阿赫梅返回君士坦丁堡她叔叔凯拉邦的家里，独自一个、不和别人分享地生活在她所爱的这个丈夫身边，而他也从年幼时就爱着她了。在穆罕默德的国家里，这种前景对于一位少女来说很不一般，但事情就是这样，而阿赫梅也是会使她家的习惯保持下去的男人。

另外大家还知道阿马西娅的一个姑母，就是她父亲的一个姐姐，去世时留给了她十万镑的巨大遗产，条件是她要在满十七岁之前结婚——这是没有过一个丈夫的老处女的花招，她认为她的侄女决不可能这么早就能找到丈夫——大家也知道这个期限在六个星期之后就要到了。如果婚礼不能如期举行，那么这笔遗产的绝大部分，就要落到旁系亲属的手里。

即使用一个欧洲人的眼光来看，阿马西娅也是漂亮的。即使她用洁白的细布面纱、金丝编织的头巾"伊阿什马克"裹住头部，即使她额头上的三排装饰的小金片被弄乱了，人们还是看得出她的一头美丽的黑发的发卷在摆动。阿马西娅从来不用本国的方式来展示自己的美貌。她不用"哈努姆"画眉毛，不用"科尔"涂睫毛，也不用"埃内"搽眼晕。脸上既不涂白粉也不搽胭脂，嘴唇上也不涂口红，一个打扮得很蹩脚的西方女人，也要比她更会化妆。但是她的天生丽质，婷婷玉立，优雅的步履在一件像长袍一样从脖子里到双脚的开司米大外套里仍然看得出来。

一天，在花园的走廊里，阿马西娅穿着一件布尔萨的长衬衫，套一件宽大的"夏尔瓦尔"，外面是绣花的短上衣，一条有着长长的丝绸裙裾的"恩塔丽"袖子上开有缝口，绣着只有在土耳其制作的名为"沃亚"的花边。一条开司米腰带束住了裙裾的两端，这样走起来很方便。一对耳环和一只戒指就是她仅有的装饰品。漂亮的丝绒盖住了她修长的腿上穿着的长袜，小巧的双脚隐没在一双用金片点缀的鞋子里。

她的侍女纳吉布是个活泼幽默的少女，是她忠实的伴侣——也可以说是她的朋友。纳吉布这时候在她身边东躲西藏，说着笑着，用她率真随和的好脾气使家里变得轻松热闹。

纳吉布本是吉卜赛人，并不是一个奴隶。虽然在帝国的一些市场上还能看到贩卖埃塞俄比亚人或者苏丹的黑人，但奴隶制从原则上来说还是已经废除了。尽管由于土耳其的大家庭的需要使得仆人的数量极多——在君士坦丁堡占穆斯林人口的三分之一——这些仆人并非处于被奴役的地位，应该承认他们每人仅限于做自己专门的工作，所以并没有太多事情可做。

　　银行家塞利姆家的情况也差不多是这样的。不过纳吉布从小就被这家人收养，因此具有一种与众不同的地位，她只负责照顾阿马西娅，不用做其他任何家务。

　　阿马西娅半躺在一张盖着华丽的波斯织物的舒适的长沙发上，目光盯着敖德萨那面的港湾。

　　"亲爱的女主人，"纳吉布走过来坐在姑娘脚下的一张坐垫上问道，"阿赫梅还没有来吗？那阿赫梅大人在忙什么呢？"

　　"他到城里去了，"阿马西娅忧郁地回答说，"也许他会给我们带一封他叔叔凯拉邦的信来？"

　　"一封信！一封信！"纳吉布喊道，"我们需要的不是一封信，而是他的叔叔本人，说真的，他叔叔让人等得太久了！"

　　"要有点儿耐心，纳吉布！"

　　"您想怎么说就怎么说，亲爱的女主人！但是如果您站在我的角度上您就不会这么有耐心了！"

　　"你在说什么！"阿马西娅答道，"总不能说是你结婚而不是我结婚吧？"

　　"那您以为从侍候一位姑娘变成侍候一位夫人，是一样的事情吗？"

　　"我没法更喜欢你了，纳吉布！"

　　"我也一样，亲爱的女主人！不过说实话，当您成为阿赫梅大人的夫人的时候，我会看到您是多么幸福，愿他把您的幸福洒一点在我的身上！"

　　"亲爱的阿赫梅！"姑娘自言自语，她在想起她的未婚夫的时候，美丽的大眼睛很快就变得湿润了。

　　"好了！您现在只能闭上眼睛才能看见他了，亲爱的女主人！"纳吉布淘气地说，"他要是在这儿，您只要把眼睛睁开就可以。"

　　"我再说一遍，纳吉布，他是到银行里去看信件去了，所以他将给我们带一封他叔叔的信回来。"

"是的！……一封凯拉邦大人的信，凯拉邦大人按照他的惯例，在信里又会说他因为忙生意要留在君士坦丁堡，还不能离开他的商行，烟草正在涨价——假如不是降价的话，他过几天一定会到的——如果不是过十几天的话！……而时间已很短了，我们仅有六个星期，您就必须结婚，要不然您的财产……"

"我不是因为拥有财产才被阿赫梅爱上的！……"

"是的……不过不要因为耽误了时间而受到损失！……哎！这个凯拉邦大人……他如果是我叔叔的话！……"

"他如果是你的叔叔，你会怎么做呢？"

"我什么也不做，亲爱的女主人，因为看来什么也做不成！……不过他要是现在在这儿，甚至就是今天抵达的话……最晚明天我们可以就到法官那里去登记婚约，后天伊玛目一念完祷告，你们就结婚了，而且是多么美满的婚姻，别墅里要举行十五天欢庆活动，凯拉邦大人如果愿意回到那边去，不用等活动结束就可以走了！"

事情肯定会这样进行，只要凯拉邦叔叔不要再拖延离开君士坦丁堡。到履行公证人职务的毛拉①那里去登记婚约——婚约原则上规定未婚夫要给未婚妻家具、衣服和厨房用具——然后是宗教仪式，没有什么会阻碍一切手续在纳吉布所说的那么短的时间里完成，但又是不得不要使凯拉邦大人像不耐烦的吉卜赛人以她的女主人的名义所要求的那样，能从他的商业事务中抽出几天时间，因为他作为未婚夫的监护人，他的出席对于婚姻的有效性来说是非常重要，不可缺少的。

这时纳吉布喊道：

"啊！您看！……看看那条刚刚在花园脚下抛锚的小船！"

---

① 毛拉，某些穆斯林地区对伊斯兰教学者的称呼。

"真的!"阿马西娅欢喜地答道。

于是两个少女朝着通到海里的阶梯走去,目的是能看清楚在这个地方抛锚的小船。

这是一条单桅三角帆船,它的帆现在吊在收帆索上,海上只有轻风,使它得以通过敖德萨港湾。它把锚抛在离岸不到一链的地方,在刚刚消失在宅第脚下的波浪上不断地晃动。土耳其的旗帜——一块带有一弯银色新月的红布——在它的斜桅顶上飘动着。

"你能看到它的名字吗?"

"能,"少女答道,"瞧!它的船尾正好朝着我们。它的名字是'吉达尔号'。"

正是"吉达尔号",亚乌德船长刚刚在港湾的这个地方将它靠岸。不过看来它不会停留太长时间,因为它的帆根本没有收起来,如果懂行开船的人就会看出它始终处于开航的状态。

"真的,"纳吉布说,"要是乘坐这条漂亮的船到蔚蓝的大海上去玩玩儿,借助一点微风吹起它白色的风帆,那真是太美了!"

吉卜赛少女的想象力千变万化,她看见长沙发旁边的一张刷着中国漆的小桌上放着一个精致的小盒子,就跑过去打开,从里面拿出来一些珍贵的首饰。

"这些漂亮的东西是阿赫梅大人让人带来给你的!"她说道。"我觉得有很长时间我们没有认真看看它们了!"

"你是这么想的?"阿马西娅低声问道,随手拿起了一条项链和一副手镯,它们在她的手上闪闪发光。

"阿赫梅大人想用这些首饰把您打扮得更美,可是他不会成功的!"

"你说什么,纳吉布?"阿马西娅问道,"用这些华丽的首饰来打扮,哪个女人不会变得更漂亮迷人?看这些维萨普尔的钻石!这是些火红色的宝石,它们仿佛在看着我,就像我未婚夫的美丽的眼睛!"

"哦！亲爱的女主人，当您的眼睛注视着他的时候，您不是送给了他一件很适合他的礼物吗？"

"傻丫头！"阿马西娅说，"这是霍尔木兹的蓝宝石，这些是奥菲拉的珍珠，这些是马斯顿的绿松石！……"

"用您的绿松石来交换他的绿松石！"纳吉布开心地笑着说，"阿赫梅大人可没吃亏！"

"纳吉布，多亏他没在这里听你胡言乱语！"

"当然！如果他在这儿，亲爱的女主人，那就由他本人来对您说这些实话了，而从他的嘴里说出来，意义就和从我的嘴里说出来大不相同了！"

接着纳吉布把放在小盒子旁边的一双可爱的拖鞋拿起来，又说道：

"这双拖鞋真好看，装饰着花边，闪闪发光，还绣了一些天鹅的羽毛，是为我知道的一双小脚做的！……瞧，让我来帮您试试看！"

"你自己穿上试试吧，纳吉布。"

"我？"

"这又不是头一次了，为了使我开心……"

"是的！是的！"纳吉布答道，"不错！我曾经试过您精致的梳妆用具……然后到别墅的平台上去……别人差点把我当成了您，亲爱的女主人！这么说我也很美！……可是不！不应该这样，特别是在今天更不能这样。好了，赶快试试这双漂亮的拖鞋吧！"

"你要我试？"

阿马西娅高兴地顺从着纳吉布的任性，纳吉布帮她穿上这双耀眼的拖鞋，前面还镶着一些亮晶晶的小宝石。

"天呀！穿着这双鞋谁还敢走路呀！"吉卜赛少女快乐地喊道，"现在谁要嫉妒了？是您的头，亲爱的女主人，它都要嫉妒您的脚了！"

"你让我好开心，纳吉布，"阿马西娅道，"不过……"

"还有这双手臂，您让它们全都露着的白皙手臂！它们为您做了些什么，阿赫梅大人一点儿也没有忘记它们！我看到那边有十分适合它们的手镯！可怜的小手臂，她是怎么对待你们的！……幸亏有我在这儿！"

调皮的纳吉布笑着给姑娘戴上了两只闪亮的手镯，它们在白皙的皮肤上比在首饰盒里柔软的天鹅绒上更加光亮。

阿马西娅随纳吉布摆弄着。这些珍贵的首饰全都在向她说着阿赫梅的好，而在纳吉布喋喋不休的话语中，她的眼睛盯着一件件首饰，也在默默地回答着她。

"亲爱的阿马西娅！"

姑娘一听到这熟悉的声音就急忙站了起来。

一位二十二岁的青年走到她的身边，与他的十六岁的未婚妻真是郎才女貌。身材修长，风度翩翩，既潇洒又儒雅；极其有神的黑眼睛闪着温柔的光芒，褐色的发卷在土耳其帽的丝穗下颤动着。阿尔巴尼亚式的胡子纤细柔软，洁白的牙齿——总之是一副很有贵族气派的样子，假如这个形容词可以在这个国家里流行的话，但遗憾的是在这个国家里是没有任何世袭的贵族的。

阿赫梅故意穿着土耳其式的衣服，因为他的叔叔固执地认为像一个小职员那样穿欧式服装是丢脸的事情，要不然他怎么能成为这位叔叔的侄子呢？他的上衣绣着金边，他的"夏尔瓦尔"裁剪得十分完美，没有一点俗气的装饰；他的腰带上缠出一道优雅的褶子，土耳其帽上围着一圈用布尔萨棉布做的"萨里克"，脚上穿的是摩洛哥的皮靴子，这是一套对他非常合适的衣服。

阿赫梅走到姑娘身旁，拉着她的手，轻轻地让她坐下，就在此刻纳吉布大声问道：

"那么，阿赫梅大人，今天早晨我们收到一封君士坦丁堡来的信没有？"

"没有，"阿赫梅低下头答道，"连我叔叔凯拉邦谈生意的信都没有一封！"

"哦！卑鄙的人！"纳吉布生气地喊道。

"我已经觉得没法解释，"阿赫梅又说，"邮差如今没有带来他商行的任何信件，今天按惯例来说是他和敖德萨的银行家结算的日子，从来没有耽搁过，可是你的父亲压根就没有收到他关于结算的信！"

"没错，亲爱的阿赫梅，你的叔叔凯拉邦在生意方面是个十分遵守时间的批发商，因此不来信就使人纳闷了！也许有一封电报？……"

"他？发一封电报？可是亲爱的阿马西娅，你知道他从不坐火车旅行，同样也不会发电报！就算是为了商业方面的联系，他也不会使用这些现代的发明。我相信他宁愿收到一封带来坏消息的信，也不愿意收到一封带来好消息的电报！唉！凯拉邦叔叔啊！……"

"你不是给他写过信的吗，亲爱的阿赫梅？"姑娘轻声问道，把目光温柔地投向她的未婚夫。

"为了让他快点儿到敖德萨来，为了请求他能够确定一个更近的日子来举办我们的婚礼，我已经给他写过十封信了！我一再对他说他是一个专横的叔叔……"

"说得好听！"纳吉布依然生气地喊道。

"虽然他是一个冷酷无情的叔叔，但同时又是最好的人！……"

"哼！"纳吉布摇着头。

"一个没有良心的叔叔，同时又是他侄子的父亲！……但是他对我说，除了让他在六个星期之前到达之外，不能再向他提其他的要求了！"

"因此我们不得不等待他的好意，阿赫梅！"

"等待，阿马西娅，等待！……"阿赫梅答道，"他耽搁了我们多少幸福的日子！"

"人们都要把强盗逮起来，是的！可是强盗都从来没有做过比这更坏的事情！”纳吉布跺着脚喊道。

"那又有什么办法呢？"阿赫梅又说，"我还要再等等我的凯拉邦叔叔。假如明天他还不回复我的信，我就到君士坦丁堡找他去，还要……"

"不，我亲爱的阿赫梅，"阿马西娅说着拉住了青年的因生气而有些颤抖的手，似乎是想把他留住，"婚礼早一些时间举行我当然高兴，但是如果你离开这里会使我更加难过！不！还是留下吧！谁知道是不是有什么事情会改变你叔叔的想法？"

"改变凯拉邦叔叔的想法！"阿赫梅说道，"这就等于改变自然天体的轨迹，让月亮代替太阳在早晨升起，傍晚西沉，改变天空的自然规律！"

"哎！如果我是他的侄女就好了！"纳吉布诙谐地说。

"如果你是他的侄女，你会怎么办呢？"阿赫梅问。

"我！……我会跑过去抓住他的长袍，"纳吉布回答说，"然后……"

"你就把他的长袍撕破，纳吉布，然后就没有办法了！"

"那好，我还要使劲拔他的胡须……"

"让他的胡须留在你的手里！"

"可是，"阿马西娅说，"凯拉邦大人毕竟是个好人哪！"

"是的，是的，"阿赫梅答道，"不过他这么顽固，要是他和一头骡子去比固执的话，我打赌骡子肯定不是他的对手！"

第九章

　　亚乌德船长的计划差一点成功了。

　　这时候，住宅里的一个专门通报客人来访的仆人出现在走廊的一扇侧门里。

　　"尊敬的阿赫梅大人，"他对青年说道，"来了一个陌生人，他想和您当面说话。"

　　"他是个什么人？"阿赫梅问道。

　　"一个马耳他船长。他坚决要求您见见他。"

　　"那好！我去……"阿赫梅回答说。

　　"亲爱的阿赫梅，"阿马西娅说，"如果这个船长没有什么特别的事情要说，你就在这儿见他好了。"

　　"他莫非就是驾驶这条漂亮的帆船的人？"纳吉布提醒说，并指着在宅第下面的水里停着的小船。

　　"很有可能！"阿赫梅答道，"让他进来吧。"

　　仆人立即退了出去，过了一会儿，陌生人出现在走廊的门里。

　　他正是亚乌德船长，他驾驶的"吉达尔号"帆船是一条一百来吨的快船，不但适于顺着黑海航行，而且还适于在地中海东岸诸港之间来往。

　　让亚乌德非常高兴的是，他在银行家塞利姆的别墅下面停靠的时间已经晚了一点。在同萨法尔大人的总管斯卡尔邦特谈话以后，他连一刻都没有耽误就乘坐保加利亚和罗马尼亚的火车从君士坦丁堡来到了敖德萨。他比凯拉邦大人早到了几天，因为这个"老土耳其人"行动缓慢，一天一夜才走十五六公里。然而在敖德萨，他遇到了恶劣的天气，不敢轻易把"吉达尔号"开出港口，只能等着东北风肆虐着欧洲的大地。直到今天早晨，他的帆船才能够在别墅下面停靠下来。这样一来，他只比凯拉邦大人早到很短的时间，而这可能会坏事。

亚乌德不得不当天就行动起来，他心里盘算着要先用计策，计谋不成就用武力。但是当天晚上"吉达尔号"一定要带着阿马西娅离开敖德萨，在人们反应过来追捕他的时候，他的帆船早已借助东北风不见踪影了。

这类绑架在黑海海岸的其他地方也经常发生。如果说这样的事在土耳其海域、在安纳托利亚沿岸是时有发生的话，那么它们在由莫斯科当局直接统治的区域内发生也一样可怕。就在几年之前，敖德萨发生过一系列绑架案，劫持者至今不知为何人。一些敖德萨上流社会的少女失踪了，可以肯定她们是被劫持到船上，贩卖到小亚细亚黑暗的奴隶市场上去了。

这些可恶的家伙在这个南俄罗斯首府做过的事情，亚乌德现在想为萨法尔大人再做一次。"吉达尔号"已经不适合他进行这类试验了，但它的船长却不会从这桩"生意"中提取百分之十的利润面前退却。

这就是亚乌德的整个计划：把姑娘诱骗到"吉达尔号"船上，借口是让她欣赏并且卖给她从沿岸的主要产地买来的种类繁多珍贵衣料。也许阿赫梅会陪着阿马西娅先去看看，但也可能她只和纳吉布一起再来。那样就可以在别人来营救她之前出海了。如果情况恰恰相反，阿马西娅不因亚乌德花言巧语上船，亚乌德就要使用武力劫持她。银行家塞利姆的别墅孤零零地耸立在港湾深处的一个小海湾里，家里的人根本对付不了帆船上的船员。不过在这种情况下很可能会进行搏斗，人们很快就会知道绑架是在什么情况下发生的。因此对于劫持者来说，最好还是神不知鬼不觉地行事而不要引起轰动。

"是阿赫梅大人吗?"亚乌德船长进来时热情地问道,他的后面跟着一个水手,腋下夹着很多衣料。

"是我,"阿赫梅答道,"您是?……"

"我是亚乌德船长,驾驶帆船'吉达尔号',它现在就停靠在银行家塞利姆的豪华别墅前面。"

"您想做什么呢?"

"阿赫梅大人,"亚乌德微笑着答道,"我听说您很快就要举行婚礼……"

"您听说了,船长,这是我心中最重要的事情!"

"我明白,阿赫梅大人,"亚乌德说着转向阿马西娅,"因此我才想到来让您挑选我帆船上所有的货物。"

"哦!亚乌德船长,您这个主意很不错!"阿赫梅说道。

"亲爱的阿赫梅,其实我也不知道我还需要什么?"姑娘说。

"我知道,"阿赫梅答道,"这些地中海东岸的船长经常有珍贵的东西让人挑选,所以应该看看……"

"没错!应该去看看并且买下来,"纳吉布调皮地喊道,"我们要让凯拉邦大人破产,作为对他迟到的惩罚!"

"您的货舱里都有些什么好东西?"阿赫梅问道。

"我在产地运来的珍贵衣料,"亚乌德答道,"我一直都在做这方面的生意。"

"那好!应该让这些天使般的少女们看看!她们比我内行得多,亲爱的阿马西娅,若是'吉达尔号'船长的货舱里有一些你喜欢的衣料的话,我会很高兴的!"

"我对这一点很自信,"亚乌德说,"何况我还特意带来了各种样品,请你们在这儿先看一看。"

"让我们看看!让我们看看!"纳吉布兴奋地喊道,"不过我可告诉您，船长，对我的女主人来说，是没有什么太美的东西的！"

"应该是这样！"阿赫梅说道。

亚乌德做了个手势，水手随后打开几件样品，帆船的船长把它们展示给姑娘看。

"这是布尔萨的绣着银边的丝绸，"他得意地说，"它们刚刚才君士坦丁堡的市场上出现。"

"它们的做工的确精美，"阿马西娅看着这些样品说道，它们在纳吉布柔软的手指下面非常耀眼，就像用金丝织成的一样。

"瞧！瞧！"纳吉布不停地喊着，"我们在敖德萨市场上也找不到比这更好的了！"

"确实如此，这几乎是特意为你做的，亲爱的阿马西娅！"阿赫梅微笑着说道。

"我还要让您欣赏欣赏这些斯居塔里和图尔诺沃的平纹细布，从这块样品上您可以看出它的做工是多么完美，不过要到船上您更会对这些料子的各种各样的图案和颜色的光泽赞叹不已！"

"好吧，说定了，船长，我们到'吉达尔号'上去看看！"纳吉布大声地说。

"不会让您失望的，"亚乌德又说，"不过请允许我再给你们看几样东西。这是有钻石光泽的锦缎，有透明条纹的丝绸衬衣，料子，平纹细布，配腰带用的波斯披肩，做裤子用的塔夫绸……"

阿马西娅如痴如醉地欣赏着马耳他船长非常巧妙地在她眼前弄得金光闪闪的华丽衣料。他既可以说是个优秀的水手，又可以说是个聪明的商人，"吉达尔号"已经习惯于幸运的航行了。一切女人——土耳其的少妇们也无一例外——看到这些模仿东方精工制造的衣料都会抵制不住诱惑。

阿赫梅很容易就看出他的未婚妻是多么欣喜地盯着它们。显然像纳吉布所说的那样，在敖德萨、君士坦丁堡的市场上，甚至在卢多维克的商店里，以及著名的亚美尼亚商人，都不会提供这么好的东西。

"亲爱的阿马西娅，"阿赫梅说道，"你不会让这位辛苦的船长白忙一阵的，对吧？他不仅让你看了这么华丽的衣料，而且他的船上还带着更好的，我们就到他的船上再去看看吧。"

"对！对！"纳吉布喊道，她等不及了，已经在向海边跑去。

"我们还会看到，"阿赫梅补充说，"几块让纳吉布这个疯丫头喜欢的丝绸！"

"嗯！"纳吉布答道，"到所有人都庆祝我的女主人和一位像阿赫梅美男子这样慷慨的大人的婚礼那一天，不是也要我为她争光吗？"

"特别是一位这样善解人意的大人！"姑娘说着把手伸给她的未婚夫。

"那就说定了，船长，"阿赫梅说，"您在您的船上等着我们吧。"

"何时去呢？"亚乌德问道，"因为我想能在那儿向你们介绍我所有的货物。"

"那么……下午吧。"

"怎么不现在就去呢？"纳吉布大声说。

"哦！这个急丫头！"阿马西娅笑着说道，"她比我还着急看那些漂亮的衣料，一定是阿赫梅答应给她什么礼物了，好让她打扮得更加漂亮！"

"漂亮，"纳吉布用温柔的声音说，"只是为了您才打扮得漂亮，亲爱的女主人！"

"阿赫梅大人，"这时亚乌德船长说话了，"只要您说一声，现在就可以到'吉达尔号'上去看看。我可以把我的小艇叫过来，让它停在阶梯下面，只要一会儿时间就把你们送到船上了。"

"那就去叫吧，船长，"阿赫梅回答说。

"对了……上船！"纳吉布喊道。

"既然纳吉布着急想去，就上船吧！"姑娘接着说。

亚乌德船长叫人把他带来的样品都重新包好。

随后他向栏杆走去，一直走到阶梯的尽头，发出了一阵长长的声音。

帆船的甲板上马上就骚动起来。一条挂在左舷吊艇杆上的大艇被快速地放到海里，接着不到五分钟，一条细长轻快的小艇在四支桨的划动下靠上了阶梯最下面的梯级。

于是亚乌德船长向阿赫梅大人示意小艇已准备好了。

亚乌德虽然有很强的自制力，但也不禁激动不已。这不是实现这次劫持的绝好机会吗？时间紧迫，因为凯拉邦大人随时都可能到这里。而且在进行围绕黑海的荒唐旅行之前，他自始至终没有表示过不想尽快地举行阿马西娅和阿赫梅的婚礼。如果阿马西娅成了阿赫梅的妻子，就不再是萨法尔大人在宫殿里等着的姑娘了！

想到这些，亚乌德突然感到想使用武力的冲动，这种冲动来自他的不知小心谨慎为何物的野蛮本性。再说形势也很有利，可以趁现在的风向脱离航道。等姑娘被劫持的消息一下子传开，有人想到要追赶他的时候，帆船已经驶入大海了。当然，要是阿赫梅不在，只有阿马西娅和纳吉布到"吉达尔号"上去，亚乌德就会趁这两个毫无防备的少女在货舱里挑选衣料的时候立即开航出海。轻而易举地把她们关在舱里，在远离港口之前不让她们发出一点声音。如果阿赫梅在场，虽然有点儿困难，但也不是不可能的。至于怎样摆脱这个青年，不管他多么健壮有力，即使需要杀死他，"吉达尔号"的船长也会毫不留情地这样做。杀人会使劫持更刺激。萨法尔大人支付的报酬也会更多，岂不更好。

亚乌德一边想一边在阶梯的台阶上等着阿赫梅和他的女伴们踏上"吉达尔号"的小艇，同时思考着该怎样动手。轻快的小船在随着轻风微微起伏的水面上优雅地摆动，相隔还不到一链的距离。

阿赫梅站在最后一级台阶上，已经扶着阿马西娅坐到小艇的后座上，这时走廊的门开了。接着一个五十多岁的人，穿着有点儿欧洲风格的土耳其衣服，急匆匆地跑进来喊道：

"阿马西娅？……阿赫梅？……"

这是银行家塞利姆，未婚姑娘的父亲，凯拉邦大人的生意伙伴和朋友。

"我的女儿？……阿赫梅？……"塞利姆不住地问道。

阿马西娅再次握住阿赫梅伸给她的手，马上下了小艇跑到阶梯上。

"父亲，出了什么事？"她问道，"你为何从城里这么快到这里来？"

"有个非常重要的消息！"

"是好消息吗？……"阿赫梅问。

"没错！"塞利姆回答说，"我的朋友凯拉邦派来的一个专差信使刚刚到了我的银行里！"

"太好了！"纳吉布喊道。

"一个专差信使告诉我他很快就要到了，"塞利姆说，"而且就在后面不远！"

"我的凯拉邦叔叔！"阿赫梅一个劲儿地说着，"我的凯拉邦叔叔不在君士坦丁堡了？"

"当然，我就在这里等着他！"

对"吉达尔号"的船长来说，所幸的是谁都没有看到他愤怒的样子。阿赫梅的叔叔马上就到，这是他在实施计划的过程中所担心的最严重的意外情况。

"哦！仁慈的凯拉邦大人！"纳吉布叫了起来。

"但是他为什么来呢？"姑娘问道。

"当然为了你们的婚礼，亲爱的女主人！"纳吉布回答说，"要不然他到敖德萨来做什么？"

"这话说得不错。"塞利姆说。

"我也这么认为！"阿赫梅说道，"不是这个原因，他为什么要离开君士坦丁堡？他是改变主意了，我亲爱的叔叔！他没有回信，就突然撇下他的商行，他的生意！……他是想给我一个惊喜！"

"天呀！他会受到怎样的招待！"纳吉布喊道，"在这里会受到多么热情的欢迎！"

"他的信使一点都没对你说他为什么要来吗，爸爸?"阿马西娅问。

"什么都没说，"塞利姆答道，"这个人在马亚基驿站要了一匹马，因为凯拉邦大人要在那里停下来更换马匹。他到银行来告诉我，我的朋友凯拉邦不在敖德萨停留，而是直接到这里来，所以他随时都会出现！"

如果说银行家塞利姆的凯拉邦朋友，阿马西娅和阿赫梅的凯拉邦叔叔，纳吉布的凯拉邦大人，此刻不在都受到最亲切的致敬的话，那就更不用说，他的到来就意味着可以尽早地举行婚礼！也就意味着未婚夫妇即将享受到幸福！这样的天作之合甚至不用满注定的期限就能实现了！啊！凯拉邦大人虽然固执，也是个最好的人！

亚乌德面无表情地从头至尾看着这幕一群人欢天喜地的情景，但是他仍没有让小艇回去，对他来说，重要的是了解凯拉邦大人到底是来做什么。他确实也是在担心，凯拉邦大人会不会在举行阿马西娅和阿赫梅的婚礼之后，再继续围绕黑海进行旅行。

此刻外面一阵喧哗，其中有一个人的急切的说话声最为宏亮。门开了，凯拉邦大人带着范·密泰恩、布吕诺和尼西布出现了。

第十章

阿赫梅迫于形势做出了一个果断的决定。

"您好，塞利姆朋友！您好！愿安拉保佑您和您的全家！"

凯拉邦大人说着用力地握住了他这位敖德萨的生意伙伴的手。

"你好，阿赫梅侄儿！"

凯拉邦大人把他的阿赫梅侄子搂在胸前紧紧地拥抱着。

"你好，可爱的阿马西娅！"

凯拉邦大人亲了亲准侄媳妇的双颊。

这一切进行得如此之快，谁都没有来得及说话。

"现在再见了，上路！"凯拉邦大人接着转身向范·密泰恩说道。

这位稳重的荷兰人没有被介绍给大家，所以他面无表情，就像一出戏的主要场景里出现的某个奇怪的人物。

看到凯拉邦大人如此热情地亲吻和握手，大家都相信他是为了提前举行婚礼才来的。因此当他们听到他喊"上路"的时候，全都大吃一惊。

阿赫梅第一个打破了沉默，说道：

"什么，上路！"

"对！上路，侄儿！"

"难道您要走，叔叔？"

"立刻就走!"

大家又是一片惊愕,范·密泰恩则贴着布吕诺的耳边说道:

"说实话,这种行动方式就是我的朋友凯拉邦的性格!"

"看出来了!"布吕诺答道。

此刻阿马西娅看着阿赫梅,阿赫梅看着塞利姆,而纳吉布则只盯着这个让人不可思议的叔叔——一个甚至能在来到之前就出发的人!

"走吧,范·密泰恩。"凯拉邦大人向门口走去时又说。

"先生,您能不能告诉我?……"阿赫梅问范·密泰恩。

"我能告诉您什么?"范·密泰恩反问时已经跟上了他的朋友的脚步。

然而凯拉邦大人要出去时又停了下来,对塞利姆这位银行家说道:

"对了,塞利姆朋友,"他问道,"您能否替我把几千皮阿斯特全部换成卢布?"

"几千皮阿斯特?……"塞利姆回答说,他甚至不再想弄明白了。

"是的……塞利姆……换成卢布,我在经过莫斯科的边境时要用的。"

"可是,叔叔,你应该告诉我们吧?……"阿赫梅喊道,姑娘也附和着。

"今天汇率是多少?"凯拉邦大人问道。

"百分之三点五。"塞利姆答道,他在转眼之间又成了银行家。

"什么!三点五?"

"卢布在上涨!"塞利姆麻利地回答说,"市场上都看好……"

"好了,塞利姆朋友,对我就只要三点四好了!您听见了!……三点四!"

"对您,没问题!……对您……凯拉邦朋友,而且还可以不收一点手续费!"

　　银行家塞利姆此时已经不知道他在说些什么和做些什么了。

　　不用说，在走廊另一头坐着的亚乌德正密切地观察着这一幕，想知道会发生什么对他的计划有利或不利的事情呢。

　　这时候阿赫梅过来抓住叔叔的手臂，在他刚要跨过门槛的时候艰难地拉住了这个性格固执的人，使他走了回来。

　　"叔叔，"他说，"您在来到的时候拥抱了我们每个人……"

　　"不对！不对！侄儿，"凯拉邦摇着头答道，"是在我要重新上路的时候！"

　　"那好，叔叔！……我不想反驳您……但是至少应该告诉我们您为什么到敖德萨来呢？"

　　"我到敖德萨来，"凯拉邦回答说，"只是因为经过而已。如果我不路过敖德萨，我根本就不会到这儿来！——确实是这样吧，范·密泰恩？"

　　荷兰人表示同意后慢慢地低下了头。

　　"哦！差点忘了您还没有被介绍呢，让我来替您介绍一下！"凯拉邦大人说道。

　　他说着转向塞利姆：

　　"我的朋友范·密泰恩，"他说，"我在鹿特丹的生意、合作伙伴，现在我带他到斯居塔里去吃晚饭！"

　　"到斯居塔里！"银行家喊了起来。

　　"说来话长！……"范·密泰恩说。

　　"还有他的仆人布吕诺，"凯拉邦接着说，"一个忠诚的仆人，他不愿离开他的主人！"

　　"看来是这么回事！……"布吕诺说道。

　　"现在就上路吧！"

　　阿赫梅又一次进行阻止：

　　"那好，叔叔，请您相信这里没有人想反对您，不过您如果只因为路过敖德萨才到敖德萨来的话，您从君士坦丁堡到斯居塔里是走哪条路呀？"

"我们是绕着黑海走的路！"

"绕着黑海走！"阿赫梅大声喊道。

一阵沉默。

"哦，是为了这个！"凯拉邦又说，"我从君士坦丁堡绕道黑海到斯居塔里去，你倒说说有什么可吃惊的，有什么奇怪的呢？"

银行家塞利姆和阿赫梅互相看了一眼。加拉塔的富有的批发商是不是发疯了？

"凯拉邦朋友，"于是塞利姆说道，"我们并不想阻挠您……"

这是开始与固执的人进行对话时的常用语。

"……我们绝不是想阻挠您，但是我们认为要从君士坦丁堡直达斯居塔里只需穿过博斯普鲁斯海峡就行了！"

"但是现在不再有博斯普鲁斯海峡了！"

"不再有博斯普鲁斯海峡了？……"阿赫梅也说了一遍。

"至少对我来说是没有了！现在过海峡每人要缴十个巴拉的税，我认为这笔税非常不公道。迄今为止经过那里都不用缴任何赋税，这是新土耳其人的政府刚刚强加的，海峡只有对愿意顺从地缴纳这笔税的人才存在！"

"什么！……一笔新税！"阿赫梅喊道，他一下子明白了这位不可救药的固执的叔叔陷入了什么样的冒险之中。

"是的，"凯拉邦大人更加激动地说，"我正要乘我的小船……到斯居塔里去吃晚饭……和我的朋友范·密泰恩，这笔十巴拉的税就在那时颁布了！……当然，我拒绝缴纳！……但是他们也没让我过去！……我说我可以不用穿过博斯普鲁斯海峡也能到达斯居塔里！……他们说不可能！……我说办得到！……这是能办到的！我以安拉的名义起誓！我宁愿手被砍掉也不会从我的口袋里掏出这十个巴拉来！不会！并以穆罕默德的名义起誓！以穆罕默德的名义起誓！他们不了解凯拉邦！"

他们当然不了解凯拉邦！可是他的朋友塞利姆、他的侄子阿赫梅、范·密泰恩、阿马西娅都了解他，经历了这件事之后，他们看得更清楚，要想使他改变主意是办不到的。因此也没必要争论了，这样只会使事情变得复杂，还不如接受现实。

只有这样做最为明智，所以大家甚至不约而同就取得了一致的意见。

"说到底，我亲爱的叔叔，您是正确的！"阿赫梅说。

"绝对正确！"塞利姆补充说。

"永远正确！"凯拉邦答道。

"就要拒绝一切不公道的要求，"阿赫梅又说，"拒绝，就算会使您家破……"

"……人亡！"凯拉邦补充说。

"因此您拒绝付这笔税，并且证明您可以不用穿过博斯普鲁斯海峡就能从君士坦丁堡到达斯居塔里，您做得对！……"

"而且就是不付十巴拉，哪怕这样做要花掉我五十万巴拉！"

"不过您用不着这样着急出发吧，我想？……"阿赫梅问道。

"非常着急，侄儿，"凯拉邦答道，"你知道我必须在六个星期之前回来！"

"好！叔叔，您能不能和我们一起在敖德萨待上八天？……"

"五天也不行，四天也不行，一天也不行，"凯拉邦回答说，"甚至一个小时也不行！"

阿赫梅看到他的固执本性又占了上风，就暗示阿马西娅说话。

"那我们的婚礼怎么办，凯拉邦先生？"姑娘拉着他的手问道。

"你的婚礼，阿马西娅？"凯拉邦回答说，"它不管怎样都不会推后的，它必须在下个月底之前举行！……嗯，它会在这之前举行的！……我的旅行不会使它推后一天……只要我马上出发，一刻也不耽误！"

大家对于凯拉邦大人出人意料的到来所抱的一切希望就这样破灭了。他说了婚礼不会提前，但也不会推迟！唉！谁能确定呢？在这种情况下进行这样漫长而艰难的旅行，其中的一切意外情况谁能预料得到呢？

阿赫梅忍不住做了个愤怒的动作，多亏他的叔叔没有看到，也没有看见阿马西娅脸上不悦的表情，更没有听到纳吉布的自言自语：

"哦！既可恶又自私的叔叔！"

"此外，"这位叔叔以不容置疑的语气提出了一个建议，"此外，我想让阿赫梅随我一起走！"

"天呀！这一下可打个正着，很难躲开！"范·密泰恩小声地说。

"躲不开的！"布吕诺答道。

阿赫梅仿佛受到了当头一棒。阿马西娅听说未婚夫要走，目瞪口呆地在纳吉布身边无法动弹。纳吉布真想把可恶凯拉邦大人的眼珠挖出来。

在走廊深处，"吉达尔号"的船长一字不差地听着他们的谈话。这一情况显然对他的计划有利。

塞利姆尽管对改变他朋友的决定不抱任何希望，却不得不进行阻拦，说道：

"那么，凯拉邦，您的侄子一定要和您一起去绕着黑海走一圈吗？"

"要说一定倒也不是，"凯拉邦答道，"不过我想阿赫梅会对陪伴我去不会感到犹豫！"

"然而……"塞利姆又说。

"然而？……"这位叔叔咬紧牙关说道，他在开始进行任何争论时都是这样。

凯拉邦大人说出这个词之后，接下来是一分钟的沉默，然而却显得无比漫长。但是阿赫梅已经断然地打定了主意。他低声对姑娘说着，让她知道无论他的出发会使他们感到多么难过，最好还是不要拒绝；因为若是没有他，这次旅行可能会由于多种的原因耽误更长时间；有了他则相反，旅行可以早一些结束；他懂得俄语，不会浪费一天或一个小时；他会督促他的叔叔昼夜赶路，正如人们所说的那样，他就是费九牛二虎之力也是值得的，最后，在阿马西娅为了保住巨额遗产而不得不结婚的日期之前，他就会把凯拉邦带到博斯普鲁斯海峡的左岸来了。

阿马西娅没有勇气接受，但她知道这是最好的也是唯一的办法。

"那好，说定了，叔叔！"阿赫梅说，"我陪您去，我也准备好了，不过……"

"哦！这是不能讨价还价的，侄儿！"

"算了，没有条件！"阿赫梅答道。

但他在心里说着：

"我会让您跑的，让您累得筋疲力尽，嘿！最固执的叔叔啊！"

"那就上路吧。"凯拉邦说。

他又转向塞利姆：

"我用皮阿斯特换的卢布在哪儿？……"

"我将在敖德萨给您的，我跟您一起去。"塞利姆回答说。

"您准备好了，范·密泰恩？"凯拉邦问道。

"当然永远是准备好的。"

"那好，阿赫梅，"凯拉邦又说，"拥抱一下你的未婚妻，好好拥抱她，然后出发！"

阿赫梅已经把姑娘拥在怀里，阿马西娅忍不住流下了热泪。

"阿赫梅，我亲爱的阿赫梅！……"她不住地说。

"别哭，亲爱的阿马西娅！"阿赫梅说着，"我们的婚礼尽管没有提前但也不会推迟，我向你保证！……只是分别几个星期！"

"哦！亲爱的女主人，"纳吉布说，"要是凯拉邦大人在离开这里前能断掉一条或两条腿就好了！要不要让我来做这件事情？"

　　但阿赫梅劝吉卜赛少女保持安静，他做得很对。毫无疑问，纳吉布是为了能留住这个难对付的叔叔而什么事都能做得出来的人。

　　说完了再见，两个恋人互相亲了最后几个吻。所有的人都被感动了，荷兰人心里也感到一阵难过。只有凯拉邦大人对大家的表情装作看不见，或者不想看见。

　　"马车准备好了吗？"他问这时走进走廊的尼西布。

　　"已经准备好了！"尼西布答道。

　　"上路！"凯拉邦说，"啊！穿着欧式服装的现代奥斯曼人先生们！啊！甚至不再懂得长胖的新土耳其人先生们！……"

　　这在凯拉邦大人看来显然是一种不能容忍的堕落。

　　"……啊！顺从马赫穆德的规定的背教的先生们，我要让你们瞧瞧还有你们永远无法战胜的老信徒！"

　　没有人反对他，凯拉邦大人反而越说越起劲了。

　　"啊！你们既然打算为了自己的利益对博斯普鲁斯海峡收缴赋税！那好，我就用不着你们的博斯普鲁斯海峡！我才不介意你们的博斯普鲁斯海峡！——您说呢，范·密泰恩？……"

　　"我没什么可说的。"范·密泰恩答道。实际上他非常小心谨慎，连嘴都没有张开！

　　"你们的博斯普鲁斯海峡！他们的博斯普鲁斯海峡！"凯拉邦大人又用手指指着南方说道，"多亏黑海在那边！黑海有一条海滨地带，虽然不是专门让开旅游车的人用的，但我要沿着它走，我完全可以要绕过去！嗯！我的朋友们，你们从这里能否看见那些政府的雇员们，当他们看到我连半个巴拉也没有扔到这些政府的乞丐们的碗里，却又在斯居塔里的高地上出现的时候，他们的脸上会有怎样的表情！"

　　应该承认，凯拉邦大人在最后的话语中充满了威胁，表现得非常得意。

"走吧,阿赫梅! 走吧,范·密泰恩!"他喊道,"上路! 上路! 上路!"

他已经站在门口,塞利姆却叫住了他:

"凯拉邦朋友,我有一个简单的问题。"

"请不要提什么问题!"

"那好,我只是想告诉您请您注意一下。"银行家又说。

"哎! 我们快来不及了吧?……"

"听我说,凯拉邦朋友。您绕完了黑海这个圈子之后,等到了斯居塔里您要做什么呢?"

"我?……那么我……我……"

"我想您不会在斯居塔里定居,永远不回君士坦丁堡,您的商行在哪里?"

"不会……"凯拉邦有点迟疑地答道。

"其实,我亲爱的叔叔,"阿赫梅也提醒说,"您只需稍稍坚持一下,不再从博斯普鲁斯海峡过来,我们的婚礼就……"

"塞利姆朋友,没有比这更容易的了!"凯拉邦回答说,躲开了使他尴尬的第一个问题,"谁不让您和阿马西娅到斯居塔里来呢? 没错,要越过他们的博斯普鲁斯海峡,每人要付十个巴拉。不过在这件事情里你们的名誉不像我的名誉那样会受到牵连!"

"对! 对! 一个月以后到斯居塔里来!"阿赫梅喊道,"你在那儿等我,我亲爱的阿马西娅,我们也尽量不让你们等的太长时间!"

"那好! 在斯居塔里见面!"塞利姆回答说,"我们去那里举行婚礼,但是到最后,凯拉邦朋友,婚礼举行以后,您难道不回到君士坦丁堡来吗?"

"我当然要回来的,"凯拉邦大声地说,"我一定要回来的!"

"那怎样回来呢?"

"那么，要是这种叫人心里不平衡的税收被取消了，我不用缴税就可以穿过博斯普鲁斯海峡……"

"要是未被取消呢？"

"要是不被取消？……"凯拉邦大人说着做了个优美的手势，"那我就以安拉的名义起誓！我要走同一条路，再绕黑海走上一圈！"

第十一章

凯拉邦大人在地理学方面比他的阿赫梅侄子所料想的要强得多。

刻赤城在陶里斯岛东端的刻赤半岛上。在这个长长的半岛的北面，是新月形。一座山峰雄伟地俯瞰着它，山顶上曾经耸立过一座卫城，即米特里达特山。米特里达特①是罗马人的凶狠的敌人，差点儿把他们逐出了亚洲。这位大胆勇敢的将军，懂得多种语言的专家，传奇般的毒物学家，在这座曾经是博斯普鲁斯海峡王国的首都的城市对面有他的位置，确是再好不过了。正是在这里这位蓬特王国的国王，可怕的欧巴特尔，由于他钢铁般的身体不怕任何毒药，他没办法毒死自己，就让一个高卢士兵把自己刺穿了。

这就是在半个小时的休息时间里，范·密泰恩觉得应该向同伴们上的短短的历史课。这堂课使他的朋友凯拉邦得到了这个答案：

"米特里达特只是一个蠢货！"

"为什么？"范·密泰恩问道。

"他如果是真想毒死自己的话，到我们那个阿拉巴旅馆里去吃晚饭就

___

① 米特里达特六世，即欧巴特尔（约公元前132—前63），蓬特国国王，长期与罗马人交战，在被庞培击败后让一个士兵把自己刺死了。

行了!"

听了这句话，荷兰人相信不能再继续夸这位美人莫尼姆的老公了。不过他希望给他剩下的几个小时里，能够好好地游览一下这个伟人的首都。

马车穿过城市，它奇怪的套车方式让各族居民十分惊讶。这个城里有许许多多的犹太人，也有鞑靼人、希腊人，还有俄罗斯人——居民一共大概有一万二千人。

阿赫梅一到"君士坦丁旅馆"，首先关心的是询问第二天早晨能不能有马匹可换。让他极为满意的是，这一回在驿站的马厩里有许多马。

"幸运的是，"凯拉邦注意到，"萨法尔大人没有把这个驿站里的马全部拉走!"

不过，阿赫梅的焦急的叔叔对这个胆敢走在他前面而且把驿站的马全部拉走的讨厌鬼还是非常生气。

无论如何，单峰驼是没有用了，他就把它们转卖给一个沙漠商队的主人，不过这两峰活骆驼仅仅卖了死骆驼的价钱。爱记仇的凯拉邦就把这笔显而易见的损失记在萨法尔大人的账单上。

这个萨法尔当然不会再在刻赤了——这显然使他避免了与他的对手的一场最严肃的辩论。两天前他离开了这座城市，去了高加索。幸亏这样，他不在这些决定要沿着海岸走的旅行者们的前面了。

"君士坦丁旅馆"里的一顿可口的晚餐，在温馨的房间里睡了一个好觉，使主仆们忘掉了所有的不快。阿赫梅给敖德萨寄去的一封信，说旅行正在按计划进行。

次日是 9 月 5 日，由于出发的时间定在上午十点钟，认真的范·密泰恩黎明就起床了，好去逛城市。这次阿赫梅打算陪他一起去。

于是两人穿过刻赤的宽阔的、两边有石板人行道的大街，街上野狗乱窜，一个波希米亚人负责用棍子把它们打死，是公认的刽子手。不过这个刽子手夜里一定喝酒去了，因为阿赫梅和范·密泰恩费了好大的劲儿才摆脱这些危险畜生的獠牙。

在由海岸的拐角处形成的海湾深处，由石块砌成的码头一直延伸到海峡的两岸，使他们散步时更方便。那里挺拔着总督的宫殿和海关的建筑物。因为缺水，船只全部在靠外海的地方抛锚，刻赤港给它们提供了一个合适的锚地，在检疫站的近处。自从该城在 1774 年让给俄罗斯以后，这个港口就生意兴隆，里面还有一个给佩雷科普的各个盐场放盐的仓库。

"我们有时间登上去吗？"范·密泰恩指着米特里达特山问道，山上现在修建了一座希腊人的寺庙，装饰着刻赤省大量拥有的战利品——从前的卫城让寺庙代替了。

"嗯！"阿赫梅说，"可不能让凯拉邦叔叔等着！"

"也不能让他的侄子等着！"范·密泰恩微笑着说。

"是的，"阿赫梅又说，"在这次旅行当中我想着立刻回到斯居塔里去！您明白我的意思吗，范·密泰恩先生？"

"嗯……我明白，年轻的朋友，"荷兰人答道，"虽然范·密泰恩夫人的丈夫非常有权利不理解您！"

说完这个已经被鹿特丹的家庭生活所证实的感想之后，因为离出发还有两个小时，两人就开始攀登米特里达特山。

从高处眺望刻赤海湾，一派雄伟的景象展现在眼前。南面呈现出半岛的顶端，东面在伊埃尼卡雷海峡之外，两个围绕塔曼海湾的半岛构成了圆形。纯净的天空让人可以瞥见地形的起伏，而这些"库尔干"，也就是古代的坟墓，则全是原野，直至最微小的珊瑚礁。

阿赫梅认为该回旅馆了，他给范·密泰恩看一个装着栏杆的宏伟的台阶，它从米特里达特山通向城里，直到市场。十五分钟以后，两人又见到了凯拉邦大人，他正想和旅馆的主人、一个最平静的鞑靼人辩论一场。他们到的正及时，因为他正在为找不到机会发火而生气呢。

马车套上了来自波斯的好马，这种马的交易在刻赤是一种重要的贸易。每个人都坐好之后，马车就跑起来，让人不再去怀念单峰驼那使人疲倦的小跑了。

阿赫梅在快到海峡时感到某种不安。因为他想起了在凯尔森改变路线时发生过的事情。因为侄子的强烈要求，凯拉邦大人同意决不去绕亚速海，以便走最快的路穿越克里米亚。但是在这样做的时候，他可能想到一路上的每个地方都有坚实的土地。他弄错了，而阿赫梅没有做一点事情来消除他的误解。

他可以成为一个十分优秀的土耳其人，一个非常出色的烟草批发商，却并不熟悉地理学。阿赫梅的叔叔很可能不知道，亚速海的海水流入黑海是通过一条宽阔的水道，它是古代西米里族人的博斯普鲁斯海峡，伊埃尼卡雷海峡，因此他就必须穿越这条位于刻赤半岛和塔曼半岛之间的海峡。

凯拉邦大人的侄子早就知道他讨厌海洋。要是他面对这条航道，并且由于水流或水太浅而必须从大概有二十海里的最宽处穿过去的时候，他会说些什么呢？如果他固执地拒绝冒险呢？要是他主张重新走过克里米亚的全部东海岸，然后沿着亚速海的滨海地带一直走到高加索的头几条山梁呢？那样旅行要多走多少路程！耽误多少时间！损失多少利益！肯定不能在9月30日前赶到斯居塔里。

这就是在马车穿越半岛时阿赫梅的想法。两点钟之前它就要到达海峡，叔叔就会知道是怎么回事了。是不是现在就让他对这种严重的意外情况做准备比较适宜？然而应该采取怎样的巧妙手段，才能让谈话不恶化成辩论，辩论不恶化成吵架？如果凯拉邦大人固执己见，那就改变不了他的想法，不管你乐不乐意，他都会强迫马车从刻赤返回去。

所以阿赫梅不知所措。他如果承认自己的诡计，就有可能使他的叔叔发怒！更好一点的办法，是不是他自己应该装得愚昧无知，在认为会发现道路的地方看到一条海峡时，假装惊讶得手足无措？

"希望安拉帮帮我吧！"阿赫梅想着。

他顺从地等待着穆斯林的神来帮他摆脱困境。

古代形成的一条长长的、人们称之为阿科斯围墙的壕沟把刻赤半岛分开。从城里直到检疫站的道路是顺着壕沟的，十分好走，到通向海岸的斜坡上就变得滑溜溜地很难走了。

因此上午马车走得很慢，让范·密泰恩对切索内斯的这一部分有了更完整的了解。

总起来说，这里是荒凉的俄罗斯大草原。几个穿越草原的商队顺着阿科斯围墙寻找休息的地方，宿营地呈现出一派东方式的感人景象。原野上覆盖着许多的"库尔冈"，即是帐篷，看起来似乎是一座巨大的墓地，并不令人愉快，但是考古学家们却深深地挖掘了一样多的坟墓，里面许多的财富，如伊特鲁立亚的花瓶、衣冠冢里的宝石、古代的首饰，现在都装饰着博物馆的展厅和刻赤寺院的围墙。

快中午的时候，天边有一座巨大的方形塔楼，四角均有一座小塔楼：这是屹立在伊埃尼卡雷镇上的要塞。在南面，刻赤海湾的尽头是俯瞰黑海海岸的奥布卢姆海角。然后出现了两端形成"里曼"即塔曼海湾的海峡。远方是亚洲海边上的高加索的模糊轮廓。这条海峡明显的像大海的一条支流，范·密泰恩知道他的朋友凯拉邦对大海的厌恶，因此吃惊地看着阿赫梅。

阿赫梅暗示他别作声。十分幸运的是叔叔还在做梦压根没有看到黑海和亚速海的海水汇聚在这条水道里，它最细的地方宽度也有五到六海里。

"见鬼！"范·密泰恩想道。

确实令人遗憾的是凯拉邦大人早生了几百年！假如他现在来旅行的话，阿赫梅也就不用这样担心了。

因为这个海峡渐渐被沙淤塞，因为含贝壳的沙子的堆积，它最后成了一条水流湍急的细细的航道。要是说在一百五十年以前彼得大帝的舰队还能越过它去包围亚速海的话，现在的商船却必须等待南风把水推过来，直到十至十二尺深的时候才能通航。

然而这不是 2000 年，是 1882 年，所以不得不接受当时的水文地理条件。

这时马车已经驶下通向伊埃尼卡雷的斜坡，把躲在深草丛里的大鸨惊得到处乱飞。马车在镇上最大的旅馆门口停下，凯拉邦大人醒来了。

"到驿站了吗？"他问道。

"是的！到伊埃尼卡雷驿站了。"阿赫梅答了一句话。

大家下了车走进旅馆，让马车到驿站去了。马车应该从驿站驶向上船的码头，那儿有一条渡船，专门运送步行、骑马和坐大车的旅客，甚至把从亚洲到欧洲或从欧洲到亚洲的沙漠商队渡过河去。

伊埃尼卡雷镇上做着很多赚钱的生意：盐、鲟鱼子酱、油脂、羊毛，居民差不多都是希腊人，有些捕捞鲟鱼的水手们喜欢驾驶有两块三角帆的小船，顺着海峡和近处的海岸作短途的行驶。伊埃尼卡雷有十分重要的战略地位，这就是为何在 1771 年，俄罗斯把它从土耳其人手里夺去之后进行加固。它是黑海的一个门户。黑海有两个安全的关键：一个是伊埃尼卡雷，另一个就是塔曼。

休息了半个小时，凯拉邦大人和同伴们出发，他们就向着有渡船等着他们的码头走去。

凯拉邦的目光开始东看西看，随后发出了一声惊呼。

"您怎么了，叔叔？"阿赫梅很不自然地问道。

"这是一条河吗？"凯拉邦指着海峡说。

"对，是一条河！"阿赫梅答道，他认为不应该让叔叔知道。

"一条河！……"布吕诺叫道。

他主人的一个手势使他知道不该打破沙锅问到底。

"错！这是一条……"尼西布说。

他没说完。他刚要对这里的水文地理形容时，他的同伴布吕诺用手肘猛撞他一下打断了他的话。

这时凯拉邦大人一直在看着这条挡住他们去路的河流。

"它好宽哪!"他说。

"确实……特别宽……估计是涨了几次大水!"阿赫梅说道。

"大水!……是雪融化后引起的!"范·密泰恩补充说,以便支持他年轻的朋友。

"在九月里……雪融化了?"凯拉邦转向荷兰人问道。

"也许是的……雪融化了……多年的积雪……高加索的积雪!"范·密泰恩回答着,自己也不知道在说些什么。

"可是我看不到能够过这条河的桥啊!"凯拉邦又说。

"对,叔叔,桥没有了!"阿赫梅说着把两只手半做成一个望远镜的样子,似乎为了更清楚地看到这条所谓的河流上的所谓的桥。

"可是应该是有一座桥的……"范·密泰恩说道,"我的旅行指南上说有一座桥……"

"哦!在您的旅行指南上提到了有一座桥?……"凯拉邦紧皱着眉毛盯着他的朋友的脸面问道。

"是的……这座著名的桥……"荷兰人吞吞吐吐地说,"您很清楚……欧兴桥①……古人所说的 Pontus Axenos……"

"简直太古了,"凯拉邦的话从他半开半闭的嘴唇中嘘嘘地吹出来,"它经不住雪融化以后产生的大水……多年的积雪……"

"是高加索的!"范·密泰恩终于补充了一句,但是他已经是绞尽脑汁了。

阿赫梅站得稍远一点。他不知道该怎么回答他的叔叔,不想引起一场争论。

---

① 欧兴桥,黑海的古名。

"那好，侄儿，"凯拉邦以冷淡的口气说道，"没有桥了，我们如何过这条河呢？"

"哦！我们肯定能够找到一个地方涉水而过！"阿赫梅漫不经心地说，"只有这么少的水！……"

"刚刚没过脚后跟！……"荷兰人在旁边帮腔，他显然还是闭嘴的好。

"好吧，范·密泰恩，"凯拉邦大声地说，"您卷起长裤，走到河里去，我们跟着您！"

"但是……我……"

"快点！……卷起来！……卷起来！"

忠诚的布吕诺认为应该使他的主人摆脱困境。

"这么做不太好，凯拉邦大人，"他说，"我们不必把脚弄湿就能过去，有一条渡船。"

"哦！有一条渡船？"凯拉邦答道，"幸亏有人想到在这条河上放一条渡船……好顶替那座被冲垮的桥……著名的欧兴桥！……为何不早说有一条渡船？——它在哪里，这条渡船？"

"在这儿，叔叔，"阿赫梅答道，指着系在码头上的渡船，"我们的马车已经在里面了！"

"没错！我们的车子已经在里面了？"

"是的，还是套好的！"

"套好的？是谁让这样做的？"

"没人让这么做，叔叔！"阿赫梅答道。"驿站站长亲自把它赶来了……他总是这么做的……""自从不再有桥之后，对吧？"

"况且，叔叔，也没有别的办法可以继续旅行了！"

"还有一个办法，阿赫梅侄儿！就是从北面绕过亚速海回去！"

"要多走二百公里，叔叔！还有我的婚礼呢。还有斋月30日的日期呢。您不会是忘了斋月 30 日了吧？……"

"没忘，侄儿！在这个日期之前我会回来的！走吧！"

阿赫梅这时十分激动。他的叔叔会往回走吗？或者，他会在渡船里坐好然后穿越伊埃尼卡雷海峡吗？

凯拉邦大人走向渡船。范·密泰恩、阿赫梅、尼西布和布吕诺跟着他，不想给他以一切挑起可能发生的激烈争论的借口。

凯拉邦在码头上停了一会儿，看着周围。

他的同伴们都停下来了。

凯拉邦走进了渡船。

他的同伴们也都跟着他进去了。

凯拉邦坐上了驿站马车。

别人也爬上去了。

接着渡船离开码头，被水流带向对岸。

凯拉邦不说话，每个人都沉默不语。

幸运的是水面十分平静，船夫们轻松地操纵着渡船，随着水的深浅一会儿用长篙，时而用宽桨，但是有一阵大家都担心要出什么事故了。

的确有一股从塔曼海湾的南面的沙嘴转过来的小水流，从侧面抓住了渡船。使它可能不在这个海角靠岸，而是被带向海湾的深处，那样的话就要穿越五公里了。凯拉邦大人耐性不好。也许会下令往回走。

可是在上船之前，阿赫梅向船夫们说了一些话——卢布这个词说了好几次——所以他们操纵得很灵活，成了渡船的主人。

所以在离开伊埃尼卡雷海峡码头一个钟头之后，旅行者们的马匹和车子都靠上了南面的沙嘴，它的俄文名字是伊乌叶那亚—科萨。

马车顺利登岸，水手们拿到了很多卢布。

很久以前这个沙嘴形成了两个岛屿和一个半岛，马车是不可能通过的。可是这些沟渠现在都被填满了，因此从沙嘴到塔曼镇的四俄里，马车一口气就能越过去。

　　一个钟头之后，马车就进镇了，凯拉邦大人看着他的侄子，仅说了一句话：

　　"显然，亚速海的海水和黑海的海水在伊埃尼卡雷海峡里相处得挺好的！"

　　而这就足够了，说明阿赫梅侄子的河流或者范·密泰恩朋友的欧兴桥，对他来说根本都不是问题。

第十二章

凯拉邦大人、阿赫梅、范·密泰恩和他们的仆人扮演了蝾螈的角色。

塔曼是一个外表十分凄凉的镇子，由于多年没有修而房子陈旧，茅屋退色，木质教堂的钟楼上空不断地有隼在盘旋。

马车在塔曼很快穿过。因此范·密泰恩没有看到重要的军营和法纳戈利亚要塞以及特姆塔拉干的遗址。

要是说刻赤的居民和风俗都属于希腊的话，那么塔曼就属于哥萨克。荷兰人只能在路过时看看二者的对比。

马车始终走近路，沿着塔曼海湾的南岸走过了一个钟头。但这点时间已经使旅行者们知道，这里是个非常难得的狩猎场所，在其他任何地方也许都碰不到了。

的确，鹈鹕、鸬鹚，还有一群群的大鸨都藏在这些沼泽地里，数量非常之多。

"我从未见过如此多的水鸟！"范·密泰恩指出，"随便对这些沼泽打一枪！子弹不会落空的！"

荷兰人的意见没有引起一点争论。凯拉邦大人压根不是个打猎的人，阿赫梅事实上完全在考虑别的事情。

马匹从海岸向东南拐的时候惊起了很多野鸭，一场辩论开始了。

"它们有一个连！"范·密泰恩喊道，"简直有整整一个团！"

"有一个团？您是想说有一个军！"凯拉邦耸了耸肩膀反驳说。

"没问题，您说得对！"范·密泰恩接着说道，"足足有十万只鸭子呢！"

"十万只鸭子！"凯拉邦喊道，"您是要说二十万？"

"哦！二十万！"

"我甚至要说三十万，范·密泰恩，可还是说得不够！"

"没错，凯拉邦朋友。"荷兰人小心地答道，他不想把同伴刺激得向他头上扔过来一百万只鸭子。

不过最后是他说得对。十万只鸭子！它们的移动已经是够动人的了，何况这块阳光下的鸭云在海湾上投下了一个移动的巨大阴影。

天气晴朗，路面平坦。马车疾驰，各个驿站的马匹随时能更换，在半岛的路上在他们前面的萨法尔大人已经不见了。

毫无疑问，他们是连夜赶往已经隐约地出现在天边的高加索的头几道山梁的。既然在刻赤的旅馆里过了一夜，就都不会想到在三十六个小时之前离开马车了。

可是在傍晚吃晚饭的时候，旅行者们停在一个兼营旅馆的驿站里。他们不大清楚高加索沿海地带物产怎样，吃饭方不方便，因此最好还是应该节约在刻赤储备的食品。

旅馆很普通，但食品很多。老板可能是由于不信任，或许这是本地的习惯，要他们边吃边付钱。

所以他拿面包来的时候就说：

"这个十戈比！"

阿赫梅就付了十戈比。

鸡蛋端上来的时候，他说：

"这个是八十戈比！"

阿赫梅付了他要的八十戈比。

名叫"克瓦斯"的饮料，要付多少钱！鸭子，要付多少钱！盐也要付钱？对！盐，多少钱！

阿赫梅都一一照付。

桌布，餐巾，凳子，都要在事先结账，刀子、杯子、勺子、叉子、盘子都不例外。

显然，凯拉邦大人很快就要发火，他最后因为这顿晚饭买下了整套用到的餐具，虽然要对比大加指责，老板却不动声色，像范·密泰恩那样若无其事。

晚饭后，凯拉邦在退还这些东西时多花了一半的钱。

"多亏他没要你付消化的钱！"他说，"他是个什么样的人，他有资格当奥斯曼帝国的财政部长！他是一个对博斯普鲁斯海峡的小船每划一下桨都收税的人！"

不过晚饭还是吃得挺好的，布吕诺觉得这是最重要的。接着他们连夜出发——那是一个阴暗而没有月亮的夜。

这是一种奇特而有魅力的印象：在一片黑暗当中，觉得自己被小跑的马拉着穿过一个陌生的地区，这些村子彼此相隔很远，一些零星出现的农庄也星散在大草原上。道路平坦时马儿的铃铛声，马蹄在地上踏出的无规律的节奏，车轮在沙地上的摩擦声，和常被雨水冲刷的车辙的撞击声，车夫的响鞭，灯笼消失在黑暗中的微光，加上车子有时猛然与树木、大石块、竖立在路堤上的指路杆相撞，这个由各种声音和变幻不定的影像构成的整体，使旅游者不能无动于衷。由于在有点幻想般的半睡半醒的状态中，他能听得见这些声音，能看得见这些影像。

他们不可能摆脱这种感觉，而且它不时地会变得十分强烈。通过主车厢前面的玻璃窗，他们半闭着眼睛，看着马匹巨大的影子，映在灯笼微光下的道路前方随即变化，巨大而活动的影子。

大概夜里十一点钟时，他们被一种奇怪的声音从睡梦中惊醒了过来。这是一种呼啸声，就像是汽水开瓶，不过要响十倍，就像是锅炉的排气管在放出压缩的蒸气。

马车停了下来，车夫认为他的马不听他控制了。阿赫梅想知道怎么了，就立刻放下玻璃窗，把身子探出车外。

"怎么了？我们怎么不走了？"他问道，"这种声音是哪来的？"

"这是泥火山。"车夫答道。

"泥火山？"凯拉邦叫道，"谁听说过泥火山？说实话，你让我们走的路很有趣，阿赫梅侄儿！"

"凯拉邦大人，你们都请下车。"这时车夫说道。

"下车！下车！"

"是的！……你们最好跟在马车后面走着穿过这里，因为我的马不听我控制了，它们可能会吓得狂奔的。"

"好吧，"阿赫梅说，"这个人说得对。咱们下车吧！"

"得走五六俄里，"车夫补充说，"可能八俄里，不过不会再多了！"

"您决定了吗，叔叔？"阿赫梅问道。

"我们下车吧，凯拉邦朋友，"范·密泰恩说，"泥火山？……应该看看这会是什么样子。"

凯拉邦大人虽然反对，最后也下了决心。大家都下了车，跟在马车后面，借着灯笼的微光下走着。

夜黑得伸手不见五指。荷兰人原本想即使是稍微看看车夫所说的自然景象，看来是弄错了。但是这些时时充满空中的震耳欲聋的呼啸声，只有聋子才听不见。

总之，要是白天，人们就会看到这种景象：一片辽阔的大草原上鼓起了一些喷发的小丘，就像在赤道非洲的某些地方可以见到的巨大的蚁穴。从这些小丘里喷出沥青般的气体，名称的确就叫"泥火山"，但是火山活动与产生这种现象没有关系。这只是淤泥、石膏、石灰石、黄铁矿，甚至石油的混合体，它在氢气、含碳气体有时是含磷气体的推动下十分猛烈地爆发出来。这些小丘渐渐鼓起，终于破裂以释放喷发的气体，当这些第三纪的土壤在一段时间里变空后就陷下去了。

这样产生的氢气是石油缓慢但持久地分解的结果，它混有上述各种杂质。由于雨水或泉水的不断渗透，把氢气封闭在内的岩壁在水的作用下碎裂，氢气就喷发出来，就像有人说过的那样，好像一只装满汽油的瓶子由于气体的喷出而变空了。

像这样喷发的小丘在塔曼半岛的地面上到处都是，在地形有些相似的刻赤半岛上也很常见，可是它们不靠近驿站马车所走的道路——这就是旅行者们之前对它们一无所知的原因。

现在它们穿行在这些烟雾腾腾的巨大的瘤子之间，周围喷发着车夫向他们说过的液态的泥浆。他们有时候离它们很近，这些气味独特的气流就扑面而来，他们就像在逃离工厂的大煤气罐。

"哎！"范·密泰恩辨别出有煤气的气味后说，"这条路有危险，但愿别发生爆炸。"

"说得对，"阿赫梅答道，"为了谨慎起见，应该熄掉……"

车夫对这个地区很熟悉，他和阿赫梅的看法一样，因为马车上的灯笼忽然熄灭了。

"不要吸烟！"阿赫梅向布吕诺和尼西布说道。

"放心吧，阿赫梅大人！"布吕诺答道，"我们不想被炸飞！"

"怎么，"凯拉邦喊道，"现在这儿就不能吸烟了？"

"不能吸，叔叔，"阿赫梅立刻回答说，"不能……在几俄里之内都不能吸！"

"连一支也不行？"固执的人又说道，他以一个老烟鬼的敏捷动作用手指卷着一大撮东贝基烟草。

"晚一会儿，凯拉邦朋友，晚一会儿……为了我们大家的利益！"范·密泰恩说道，"在这儿吸烟就像在火药库里一样危险。"

"真是个好地方！"凯拉邦喃喃自语，"烟草商在这里是不会发财的！走吧，阿赫梅侄儿，就算要晚几天，还是去绕亚速海的好！"

阿赫梅没说话。他不想为此进行一场辩论。他的叔叔不情愿地把烟草放进口袋，他们继续跟着马车向前走，在这个漆黑的夜里还勉强能分辨出马车笨重的形状。

为了不摔倒，要走得极为小心，道路上有很多被雨水冲刷成的沟沟坎坎，一步一步很不踏实。路在转向东面的时候稍微高了一些，幸运的是虽然烟雾腾腾，却没有一丝风，所以蒸气直接升到空中而没有落到旅行者的身上，否则真要难受死了。

他们就这样谨慎地走了大约半个小时。辕马在前面不住地嘶叫和立起来，车夫几乎控制不住。当车轮滑进车辙里的时候，车轴就格格作响，不过我们知道马车很坚固，它在多瑙河下游的沼泽里已经受过了考验。

一刻钟过后，肯定会平安地越过这个充满喷气小丘的地区。

突然，强烈的亮光在路的左边出现了，一个小丘刚刚着了火，喷出了一股烈焰把半径一俄里范围内的草原都照亮了。

"是有人吸烟了！"阿赫梅叫道，他比同伴们走得稍快一些，现在赶紧后退。

没有人吸烟。

前面忽然传来了车夫的叫声，跟鞭子的劈啪声混在一起。他已经驾御不了他的马了。辕马惊恐地狂奔起来，拖着车子飞驰而去。

他们都站住了。在这个黑暗的夜里，一种恐怖的景象在大草原出现了。

果然，邻近的小丘被这个小丘上冒出的火焰点着了。它们一批接一批地爆炸，发出强烈的光芒，就像一束束火花交叉的焰火。

此时草原上是一片无边的火光。光芒下面映出了几百个喷火的巨大瘤子。它们的气体在喷出的液态物质中燃烧，有些闪着石油的暗光，有些则由于含有白色的硫磺、黄铁矿或铁的碳酸盐而显得五彩缤纷。

同时从地下的泥灰岩里传来了沉闷的吼声。在装得太满的喷发物质的推动下，大地会不会裂开成为一个火山口？

一种潜在的危险存在着。为了减少共同遭到灭顶之灾的可能性，凯拉邦大人和同伴们本能地彼此拉开了距离。但是不能停下，必须赶快走，重要的是尽快穿过这个危险的地区。道路被照亮了，似乎还是好走的。它在小丘之间绕来绕去，穿过这片着火的草原。

"向前走！向前走！"阿赫梅吼道。

大家一声不吭，但是都听他指挥。现在看不见马车了，只能朝它消失的方向冲去，天边似乎仍然笼罩在夜的黑暗之中……那里就是这个要越过去的小丘地区的边缘。

突然在路上响起了一声更强烈的爆炸。一股火舌从一个巨大的、刚刚在地面上鼓了一阵的小丘里喷了出来。

火舌把凯拉邦喷倒在地上，大家看见他在火焰中挣扎，他要是站不起来的话就要完了。

阿赫梅一下子扑过去救他的叔叔，在燃烧的气体没烧伤他之前把他拉了出来，氢气已经使他窒息得晕过去了。

"叔叔！叔叔！"阿赫梅喊着。

范·密泰恩、布吕诺、尼西布把他抬到路边，都想尝试着向他的肺里送一些空气。

终于听到了有力的和令人放心的声音，凯拉邦结实的胸膛开始加速起伏排出肺里有毒的气体。然后他长长地吸了口气，恢复了知觉和生命力，他说的第一句话就是：

"你现在还敢对我说，阿赫梅，去绕亚速海也并不更好吗?"

"您是对的，叔叔!"

"永远是这样的，侄儿，永远是这样的!"

凯拉邦大人刚说完这句话，被强光照亮的大草原又变得一片漆黑，所有的小丘突然都同时熄灭了，那就像一个布景工刚刚关上了舞台的电闸。所有的东西都变黑了，特别是因为他们眼睛的视网膜上还保留着刚刚熄灭的强光的印象，所以就觉得更黑了。

怎么了? 这些小丘为什么会着火，没有任何火星靠近它们的喷气口?

可能是这样的: 在一种接触空气就会自燃的气体的影响下，产生了1840 年的塔曼郊区大火那样的现象。这种气体就是含磷的氢气，来自这些泥灰岩层里的水生动物的尸体。它点燃后就引燃了含碳的氢气，就是煤气。所以，可能是受了某些气候条件的影响，这种自发的燃烧现象任何时候都可能发生，但是没有任何预测的方法。

这样说来，刻赤半岛和塔曼半岛的道路存在着严重的危险而且不容易躲避，因为他们已经身受其害。

因此凯拉邦大人说无论哪一条路都比急躁的阿赫梅让他们走的路要好，他的说法是正确的。

不过最后，大家都幸免于难——叔叔和侄儿当然是一些头发烧焦了，而他们的同伴则没事。

离这里三俄里的地方，车夫和他的马都停在那里。火焰熄灭后，他就点亮了马车的灯笼，在这点微光的指引下，旅行者们虽然疲乏，但却平安地和他会合了。

他们重新坐到自己的位子上之后又出发了，后半夜很平静。但是范·密泰恩对这种景象却保留着生动的回忆，假如在他的一生中，机遇会把他带到新西兰的那些盆状的丘陵地区，看到喷发的气体在层层燃烧的话，也不会使他更赞叹不已了。

次日，在离塔曼十八公里的地方，马车绕过基西尔塔什海湾然后穿越阿纳帕镇，傍晚快八点时停在拉耶夫斯卡亚镇上，这里是高加索地区的边界。

第十三章

波斯烟草和小亚细亚烟草的优点。

高加索在俄罗斯南部，从西向东都是高山和无边的高原，长度约为三百五十公里。北面是哥萨克人的地区，斯塔夫罗波尔行政管辖区，以及属于游牧民族卡尔穆克和诺加伊斯的大草原；南面是格鲁吉亚的首都第比利斯以及库塔伊斯、巴库、伊丽莎白特波尔、埃里温的行政管辖区，以及明格雷利亚、伊雷特里亚、阿布卡西亚、古里埃尔等省份。高加索的西边是黑海，东边是里海。

高加索主要山脉南面的整个地区也叫外高加索，只与土耳其和波斯交界处的阿拉拉特山，据《圣经》记载，是洪水以后诺亚方舟靠岸的地方。

有许多民族在这个重要的地区，有些游牧，有些定居，有卡兹特维尔人、吉尔吉斯人、亚美尼亚人；北部有卡尔穆克人和诺加伊斯人，蒙古族的鞑靼人；南部有土耳其族的哥萨克人、鞑靼人。

在这方面最有资格的学者说，今天布满欧亚的白种人正是在这个半欧洲半亚洲的地区产生的。他们也把这个种族称为"高加索人种"。

俄罗斯的三条大路通过这个巨大的屏障，俯视它的是四千米的夏特厄尔布鲁士山，四千八百米的卡兹别克山——和勃朗峰①同样高，以及五百

---

① 勃朗峰，法国中部最高的山峰。

六十米高的厄尔布鲁士山的顶峰。

　　第一条路在战略和通商方面都十分重要，顺着黑海海岸从塔曼通向波季；第二条路从莫斯多克经达里亚尔山口通向第比利斯；第三条路从基兹里亚尔经杰尔宾德通向巴库。

　　在这三条道路当中，凯拉邦大人和他的侄子一样，都要走第一条路。不必进入高加索群山的迷宫，那样会招来许多困难，最后还要迟到。这是一条直达波季的路，在黑海的东海岸上也并不缺少城镇和村庄。

　　从罗斯托夫到弗拉基高加索，然后从第比利斯到波季自然都有铁路，这两条铁路之间几乎只相距一百俄里，所以本来是可以连续加以利用的。但是阿赫梅明智地没有建议采用这种交通方式，因为在谈到陶里斯岛和切索内斯的铁路时，他的叔叔已经显得很不高兴了。

　　一切都很满意。这辆坚固的驿站马车只有几处稍微修了一下，就可以在9月7日一早离开拉耶夫斯卡亚镇，奔驰在海岸宽阔的道路上。

　　阿赫梅以最快的速度赶路。要在规定的时间赶到斯居塔里，他的时间还剩下二十四天。他的叔叔和他的意见是一样的。范·密泰恩非常喜欢随意旅行，搜集更为持久的印象，他根本不想在一个最近的日子里到达，可是没有人征求范·密泰恩的想法。他不是别的，是到他的朋友凯拉邦家里去吃晚饭的朋友。那么把他带到斯居塔里就可以了，他不能再要求什么。

　　布吕诺十分尽心尽责，在高加索进行冒险的时候，向他的主人提出一些想法。荷兰人听他说完建议以后，问他有什么好办法。

　　"好的，我的主人，"布吕诺说，"可以让凯拉邦大人和阿赫梅大人两人顺着黑海去无休无止地奔跑。"

　　"和他们分开，布吕诺？"范·密泰恩问道。

　　"是的，主人，在祝他们旅途愉快以后就和他们分开！"

　　"我们仍然留在这儿？"

　　"是的，留在这儿，既然命运把我们带到高加索，我们就应该不慌不忙地游览一下高加索的风景！毕竟这里和君士坦丁堡一样，我们都能躲过范……"

"不要说出这个名字，布吕诺！"

"我会的，主人，一定让你高兴！都是因为她，我们被卷进这样一场冒险之中！坐着驿站马车不分昼夜奔波，差点儿陷进沼泽和在荒野里被烤熟。说实话，这真的太过分了，这实在很过分了！所以我向您建议，决不要为这件事同凯拉邦大人争论——您不会占便宜的！——如果让他走，同时用一句十分亲切的话告诉他您会到君士坦丁堡去找他的，当您高兴地回到那里去的时候！"

"这么做好吧！"范·密泰恩说。

"可是很慎重。"布吕诺答道。

"那么你认为自己是十分值得同情的了？"

"非常值得同情，再说，我不知道您是否发现，我已经开始消瘦了！"

"不很瘦，布吕诺，不很瘦！"

"不！我十分明白，如果照这个样子吃饭，我不久就会变成骨头架子了！"

"你有没有称过，布吕诺？"

"我在刻赤的时候就想称的，"布吕诺答道，"但是我只找到一台称信件的秤……"

"没有用那杆秤称吗？"范·密泰恩笑着问道。

"没法称，我的主人，"布吕诺非常严肃地答道，"可是用不了多久，它就足够称您的仆人了！——您看，我们能不能让凯拉邦大人自己走他的路？"

范·密泰恩对这种旅行方式也并不满意，他为人正直，性格稳重，从来不急急忙忙地办任何事情。要得罪他的朋友凯拉邦，抛弃他，这种想法是如此令人不高兴，他没有任何办法。

"不能这样，布吕诺，不行，"他说，"我可是他的客人……"

"一个客人，"布吕诺喊道，"一个被迫走七百公里的客人！"

"这有什么！"

"请允许我对您承认错误，我的主人！"布吕诺反驳说，"这是我第十次跟您说了！我们的霉运还没有完呢，而且我有一种不好的预感，您可能会比我们更倒霉！"

布吕诺的预感可以得到证实吗？不久会告诉我们的。不管怎样，事先通知了他的主人，他就尽到了作为忠诚的仆人的义务，既然范·密泰恩非要继续这次荒诞无稽而又劳累不堪的旅行，他当然也可以跟着了。

这条海滨的路好像一直是沿着黑海的海岸不断延伸的。有时它离岸稍远一点是为了避开地面上的某个障碍，或者为了通向某个旁边的村镇，但最多只偏离几海里。几乎和这条路平行的高加索山脉的最后的分支，刚刚消失在这些人烟稀少的海岸的边缘后面。在东方的地平线上始终耸立着它终年积雪的山峰，就像一根用长短不齐的鱼刺伸向高高天空的鱼骨。

下午一点钟，在离拉耶夫斯卡亚镇七公里的地方，他们开始走上沿着泽姆小海湾的道路，以便进入八公里到达格朗西克村。

可以看出这些村镇彼此相距很近。

在黑海各县的海滨地带，很近距离就有一个县。这里房屋集中，有时也不比村庄大多少，这个地区几乎没有村民，经商的多是沿海航行的人。

位于山脉脚下和大海之间的狭长地带令人向往。地面上树木繁茂，如一片片的橡树、椴树、胡桃树、栗树、法国梧桐，野葡萄四处伸展的蔓枝非常像热带森林里的藤一样缠绕在树上。田野上到处都有鸣叫着飞起来的夜莺，大自然是这些肥沃的土地的唯一的播种者。

在中午的时候，旅行者们碰到了一个卡尔穆克人的游牧部落，这些人分为"乌鲁斯"，每个乌鲁斯包括几个"科托纳"。这些科托纳就是真正的流动村落，由一些"基比卡斯"即帐篷组成。帐篷按酋长的意愿到处扎营，有时他们在草原上，有时他们在绿油油的山谷里，有时在水流边上。人们都知道这些卡尔穆克人的起源是蒙古人。他们以前在高加索地区数量非常多，由于在俄罗斯政府的政策限制下——如果不是被欺压的话，他们早已经大量地迁移到亚洲去了。

卡尔穆克人仍然保持着特有的风俗习惯，范·密泰恩依然在他的记事簿上写着关于这些男人穿一条非常肥大的长裤，一双摩洛哥皮的靴子，一件"卡拉特"，也就是一种十分宽大的外套，男人还有一项用一块包着羊皮的布缠成的方帽子。女人的服装和男人基本一样，除少了一根腰带，多了一顶帽子，但是女人这顶帽子里露出了扎有五色丝带的发辫。孩子们大多数赤身裸体，冬天为了驱寒就蹲在炉边，睡在温暖的灰烬里。

这些人个头矮小但十分结实，是非常出色的骑手，敏捷灵活，靠用水煮熟的加有马肉片的面糊为主要食物；但是冷酷无情的酒鬼，经验十分丰富的盗贼，一字也不识，这些极端迷信不可救药的赌鬼，这就是在高加索大草原上来回跑来跑去的游牧民族。马车穿过他们的一个科托纳，好像没有引起他们太多的注意。他们只有少数人稍微停下手里的活儿看看这些素不相识的旅行者，因为有一个游客在很有兴趣地观察他们，可能他们曾向在路上奔驰的马车投去十分羡慕的目光。但对于凯拉邦成年人来说，幸运的是他们没有在那里停留，才使在没有用马去交换卡尔穆克人扎营的小木桩的情况下顺利到达了下一个驿站。

经过泽姆海湾以后，马车走上了一条夹在海滨和许多山梁之间的窄道，在穿过山梁之后就明显地宽阔起来，路也变得好走了。

晚上八点钟，终于到了格朗西克村。他们在驿站里换了马，随便地吃了晚饭，在九点钟又急忙出发了。他们连夜赶路，天空时好时坏。秋分时天气经常不好，他们在浪涛的拍岸声中，在第二天早晨七点钟才到达贝雷戈瓦亚村，中午到达哥舒巴村，晚上六点赶到邓金斯克村，午夜到达纳布斯克村，第三天早晨八点到达格罗温斯克村，晚上一点到达拉科夫斯克村，又再过了两个小时就到了杜夏村。

阿赫梅本来不想抱怨辛苦。旅行平安无事，他感到十分高兴。但是平安却使范·密泰恩觉得十分恼火。他的记事簿上的确只记了一堆堆枯燥乏味的地理名称，没有一点新鲜的观感，没有任何值得永远记住的印象！

在杜夏村，马车必须停两个小时，因为驿站站长需要去找他的正在放牧的马匹。

"很好，"凯拉邦说，"我们现在利用这个机会尽量高高兴兴地吃顿晚饭吧。"

"对，吃晚饭。"范·密泰恩也说。

"让我们大吃一顿，如果可能的话！"布吕诺指着自己的肚子小声地说。

"希望这次休息，"荷兰人又说，"会给我们带来一点旅途中非常缺少的意外事情！我想年轻的阿赫梅朋友一定会允许我们去透透空气的吧？……"

"直到找来马为止，"阿赫梅答道，"现在已经到了这个月的第九天了！"

杜夏旅馆很平凡，建在名叫德西姆塔的小河边沿上，湍急的水流是从附近的山梁上静静流下来的。

这个村子非常像哥萨克人的村子"斯塔米斯迪"，有栅栏，大门上面有个方形的小塔楼，里面有哨兵日夜监视。房屋都遮在浓密的树荫下面，房顶都是高高的，涂有黏土的木板墙，住在里面的居民生活得十分满足。

另外，由于与东部俄罗斯乡村的接触，哥萨克人差不多已经完全丧失了原有的特性。可是他们依然十分勇敢灵活、警惕性高，适合在军事防线上的警戒卫士，所以无论是在对长期造反的山民的追捕中，还是在马上的比武竞赛中，他们都被称为世界上最优秀的骑手。

本地人的服装已经和高加索村民的服装互相混同，但是从他们的优雅动人的体形上，还可以很容易辨认出他们出自一个非常优秀的种族，在高高的皮帽下面也很容易看出这些坚强有力的面孔，很浓密的胡子盖满了整个颧颊。

当凯拉邦大人、阿赫梅和范·密泰恩在旅馆的餐桌旁边坐下用餐的时候，端上来的饭菜是从附近的"杜坎"里买来的：猪肉商，屠夫食品杂货商往往在这种杜坎里都同操一业。这顿晚餐有一只鲜美烤火鸡，加了牛奶干酪块的玉米面蛋糕，这种蛋糕名叫"加夏普里"；还有必不可少的传统菜"布利尼"，就是一种加酸奶的油煎鸡蛋薄饼；还有鱼，几瓶浓啤酒和几小瓶伏特加，这都是烈性的烧酒，它在俄罗斯人当中的消耗量达到令人难以置信的地步。

实话实说，在黑海边缘一个偏僻小村的旅馆里，这已经是很好的了，加上大家胃口大开，所以客人们对这顿丰盛的晚餐大加赞赏。

吃完晚饭以后，阿赫梅离开餐桌，布吕诺和尼西布仍然在大吃他们那份火鸡和传统的鸡蛋饼。他按照自己的习惯到驿站去，以便催促他们更换拉车的马匹。如果有必要的话，除了车夫的小费以外，对于和驿站站长讲好的每匹马每俄里五个戈比的价钱，有时多付十倍也行。

在等待他的时候，凯拉邦大人和他的朋友范·密泰恩来到一个十分青翠的亭子里，河水潺潺地从长满青苔藓的柱子上流过。

如此悠闲地沉浸在甜蜜的梦想之中，这种机会真是十分少有，东方人称之为"至高无上的享受"。

另外，对于如何消化的晚餐来说，水烟筒的作用也是必不可少的。两支水烟筒早已经被仆人从马车里拿来交给了他们的主人，在命运赐给他们的这种消磨时光的温馨中显得很和谐。

两支水烟筒马上就装满了烟草。当然不用说，凯拉邦大人仍然按照自己的习惯装的是波斯的东贝基烟草，范·密泰恩装的则仍是他喜欢的小亚细亚的拉塔基亚烟草。

　　两支烟筒点着以后，两位吸烟者互相紧挨着躺在一条长凳上。长长的金蛇烟管上缠着金丝，末端是一个波罗的海的琥珀吹口，它们各自在两个朋友的嘴唇里找到了属于自己的位置。

　　芳香的烟雾在被清水巧妙地变凉之后才到嘴里，香烟的味道很快就在空气中弥漫开来。

　　凯拉邦大人和范·密泰恩经常沉浸在水烟筒提供的这种远胜于烟斗、雪茄、香烟的快乐之中，他们默默地半闭着眼睛，就好像被烟雾托在空中的鸭绒一样飘飘欲仙的感觉。

　　"啊！这才叫享乐！"凯拉邦终于说道，"如果要消磨一个小时，我不知道还有比水烟筒更好的方法了！"

　　"这种谈话不会发生任何争论，"范·密泰恩答道，"只会使人变得更愉快！"

　　凯拉邦紧接着又说道，"土耳其政府用税收来打击烟草，使烟草的价格涨了十倍，这样做是考虑得太不成熟了！正是由于这种愚蠢的想法，水烟筒才变得少人问津，最终有一天会消失的！"

　　"这的确会令人十分遗憾，凯拉邦朋友！"

　　"至于我，范·密泰恩朋友，我对烟草偏爱到这样程度，宁可自己死去也不会放弃烟草。是的！死也不会！我曾经在阿穆拉特四世时代生活过，这个暴君想用死刑来强迫禁烟，可是人们只会在看到我的头和肩膀掉下来以后，才能看到我的烟斗从嘴唇上掉下来！"

　　"我的想法和您一致，凯拉邦朋友。"荷兰人说着连连猛吸了两三口。

　　"别吸得这么快，范·密泰恩，求求您，别吸这么快！您这样来就不能品味美妙的烟雾，让我觉得您像一个囫囵吞枣的饕餮之徒！"

　　"您说的有道理的，凯拉邦朋友。"范·密泰恩答道，他可不想用争吵来干扰如此温馨的安宁。

　　"很有道理的，范·密泰恩朋友！"

"不过说实话，凯拉邦朋友，我感到十分惊讶的是，我们这些烟草批发商也会从我们自己的商品中获得十分多的乐趣！"

"那原因什么？"凯拉邦问道，他同时向后靠一下。

"这是因为，糕点师傅通常都讨厌糕点，糖果商通常都讨厌糖果，我觉得一个烟草商应该害怕……"

"听我说，范·密泰恩，"凯拉邦答道，"只说一句话，请您仔细听一听！"

"哪一句话？"

"难道您曾经听说一个酒商蔑视他出售的饮料吗？"

"当然没有听说过！"

"那好，酒商和烟草商根本是一回事。"

"对了！"荷兰人答道，"我觉得您的解释真是完美极了！"

"可是，"凯拉邦又说，"您在这方面好像想跟我争论……"

"我可不想跟您争论，凯拉邦朋友！"范·密泰恩马上回答。

"想的！"

"不想，我向您发誓！"

"说到底，既然您就我对烟草的兴趣提出了一种带有一些挑衅性的看法……"

"请您相信……"

"不……不！"凯拉邦变得激动起来，"我能理解含沙射影的话……"

"我根本没有说过任何含沙射影的话。"范·密泰恩答道，他不太明白为什么——也许是刚刚吃的丰盛的晚餐的原因——开始对这种固执感到十分不耐烦了。

"说过，"凯拉邦反驳说，"现在该轮到我对您说一句了！"

"那就请你说吧！"

"我不明白，不！我不明白您竟在用一支水烟筒里吸拉塔基亚烟草！"

这样缺乏鉴赏力根本就算不上是一个非常自重的吸烟者!"

"我完全有权利吸它,"范·密泰恩回答说,"因为我更喜欢小亚细亚的烟草……"

"小亚细亚! 真的! 说到烟草, 小亚细亚永远不如波斯!"

"那要看情况!"

"东贝基烟草如果被洗了两遍, 仍然保持着十分浓烈的特色, 比拉塔基亚烟草要强多少倍!"

"我十分相信!"荷兰人喊道,"过分的浓烈的特色, 是因为含有颠茄的原因!"

"适量的颠茄可以提高烟草的质量! ……"

"适用于那些想慢慢地毒死自己的人!"范·密泰恩反驳。

"这根本就不是毒药!"

"这是一种毒药, 而且是十分厉害的一种!"

"难道我会因此就死了吗?"凯拉邦吼道, 这可是关系到他的事业, 他把一口烟全吞了下去。

"绝对没有, 但是你会因为它死去的!"

"那好, 如果在我死的时候,"凯拉邦重复着, 他的声音剧烈得令人害怕,"我还是希望东贝基烟草比被称为拉塔基亚烟草的干草要好得多!"

"对这样一种谬论我们决不能放过去!"范·密泰恩说, 他的情绪也激动起来了。

"但是它能过去!"

"您竟敢对一个买了二十年烟草的人说这样的话!"

"您竟敢对一个卖了三十年烟草的人说与其相反的话!"

"二十年!"

"三十年!"

进入了这个激烈辩论的新阶段, 两个人同时站了起来。然而当他们激烈地互相指手画脚的时候，烟嘴也从他们的嘴里滑落下来，烟管落在地上了。两人马上把烟嘴捡了起来，同时仍然在继续争论，甚至开始进行人身攻击。

"不难看出，范·密泰恩，"凯拉邦说道，"您的确是我认识的最最顽固的人！"

"不如您，凯拉邦，不如您！"

"我！"

"您！"荷兰人有些控制不住开始吼了起来，"您看看从我嘴里吐出的拉塔基亚烟草的烟雾吧！"

"那您呢，"凯拉邦以牙还牙，"就瞧瞧我吐得像一块芬芳的云彩一样的东贝基烟草的烟雾吧！"

两个人就在他们的烟嘴上吸得连气都喘不过来！两个人都不断把烟雾向对方脸上喷去！

"您就闻闻吧，"一个说，"我的烟草的气味！"

"您就闻闻吧，"另一个重复着，"我的烟草的气味！"

"我会迫使您认可，"最后范·密泰恩说道，"说到烟草，您是一点都不明白！"

"那您呢，"凯拉邦反唇相讥，"连最差的吸烟者都比你强！"

这时两个人都在火头上，嗓门大得连很远的地方都听见了。他们显然就要破口大骂，就像在战场上那样向对方扔炸弹。

就在这时阿赫梅来了。布吕诺和尼西布同时也听到了声音，和他一起走了进来，三个人站在亭子的门口。

"瞧！"阿赫梅大笑着叫了起来，"我的叔叔凯拉邦吸着范·密泰恩先生的水烟筒，而范·密泰恩先生同样吸着我叔叔凯拉邦的水烟筒！"

尼西布和布吕诺也齐声附和。

确实如此，两个争吵的人在捡起他们的烟嘴时拿错了烟筒，所以都没有发现在炫耀他们所偏爱的烟草的优良品质的时候，凯拉邦吸的是拉塔基亚烟草，而范·密泰恩吸的则是东贝基烟草！

毫无疑问，他们也哈哈笑了起来，所以最后，他们高高兴兴地握了手。任何争论，哪怕是一个非常严肃的问题的争论，也无法损害他们之间的友谊。

"马车套好了，"阿赫梅说，"我们现在该出发了！"

"那就马上出发吧！"凯拉邦说。

范·密泰恩和他把差点成为战斗武器的水烟筒交给布吕诺和尼西布，大家马上就在马车里坐好了。

但是在上车的时候，凯拉邦忍不住小声地对他的朋友说：

"既然您已经品尝过我的烟草了，范·密泰恩，现在请您承认东贝基烟草要比拉塔基亚烟草好得多！"

"我可以承认这一点！"荷兰人答道，他为自己顶撞他的朋友而感到非常后悔。

"谢谢，范·密泰恩我的朋友，"凯拉邦被他这种诚实的态度所感动，说，"您的承认我会永远记住！"

两个人的手紧紧地握在一起巩固了一份永远不会破裂的新的友谊。

此时车子被马拉着飞跑在海岸的路上。

大约晚上八点钟，到了阿布卡西亚的边界，旅行者们在驿站里休息，一觉醒来已经是第二天早晨。

第十四章

这个故事的第一部以一次非常严重的冒险而结束。

阿布卡西亚是俄罗斯高加索地区的一个单独的省份，当时它还没有公民制度，只有军事制度。它的南面是因古尔河，河水是库塔伊斯行政管辖区的主要部分之一明格雷利亚的边界。

这是一个十分美丽的省份，高加索最富裕的省份之一，可是统治它的制度却不适合它的财富。农民刚刚拥有过去属于占统治地位的王公贵族们的土地，这些王公贵族是一个波斯王朝的后裔。因此当地人还处于半野蛮状态，虽然勉强有了时间概念，可是还没有文字，讲一种别人都听不懂的方言——这种方言词语如此缺少，甚至没有足够的词语来表达最基本的概念。

范·密泰恩在经过的时候，对于这个地区和文明的地区之间的差别，当然决不会不加注意。

在路的左面生长着玉米，难得还有麦子；山羊和绵羊有人照料和看管，水牛、马和奶牛在牧场里随意游荡；在美丽的树林，有白杨树、无花果树、胡桃树、橡树、椴树、法国梧桐、长长的黄杨和冬青树丛，这就是阿布卡西亚省的外形。就像一位勇敢的女旅行家卡拉·塞雷娜夫人说的那样："就像在明格雷利亚、萨姆尔扎干和阿布卡西亚这三个毗邻的城市之间进行对比的一样，可以说它们各自的文明和围绕它们的山脉文化之间进步是成正比的：明格雷利亚的社会发展最快，它有树木繁茂的高原也已经开发；萨姆尔扎干地区较为落后，地形高低起伏，十分荒凉；阿布卡西亚则完全处于原始的样子，只有一些无人问津的荒山秃岭。所以在高加索的所有地区，将是阿布卡西亚最晚享受个人自由的利益。"

越过边界以后，旅行者们开始在加格里村休息。这是个十分美丽的村庄，有一个十分迷人的圣伊帕塔教堂，它的圣器室现在变成了食物储藏室；一座同时是军医院的堡垒；一条名叫加格兰斯卡的河流，可是现在已经是干涸的。村庄的一边靠着大海，另一边则是遍布果园的田野，这里生长着高大的洋槐，芬芳的玫瑰。在不到五十俄里的地方，位于阿布卡西亚和西尔卡西亚之间的山脉，那里的居民曾经被俄罗斯人打败，他们在1859年的血战之后放弃了这个美丽的沿海地带。

在晚上九点钟，马车到这里过夜。他们在村中的一个"杜坎"里休息，第二天早晨又早早出发了。

它们上午走了六公里，中午在皮祖恩达换了辕马。范·密泰恩在这里有半个小时欣赏教堂里的美景，里面住着西高加索的老主教。它的砖砌的穹顶上面原来盖有一层铜板。内殿则是按照正十字排列的；墙上有许多壁画，正面则被笼罩在百年老榆树的阴影之中，早在6世纪拜占庭帝国的时代，这座教堂算得上是当时最值得注意的建筑物之一了。

马车在当天穿过了古都亚迪和古尼斯塔这两个小村庄，在狂奔十八公里以后，旅行者们在午夜来到苏库姆卡雷村休息了几个小时，这个村庄建在一个宽阔的向南一直延伸到科多尔海角的海湾外面。

苏库姆卡雷村原来是阿布卡西亚的大门，虽然这座城市在最后一次高加索战争中被摧毁了一部分。但是城里拥挤着希腊人、亚美尼亚人、土耳其人、俄罗斯人，比阿布卡斯的人还要多。在16世纪阿穆拉赫时代，即奥斯曼帝国的统治时期曾建有要塞，现在已经是军人执政，所以从敖德萨和波季来的轮船都载有大量的游客，他们是来这里参观建立在从前的要塞附近的那些军营的。

上午九点钟出发之前，他们吃了一顿丰富格鲁吉亚风味的早餐：鸡汤泡酸面包片，用橘黄色酸奶调味的碎肉杂烩——在两个土耳其人和一个荷兰人看来也没有什么特殊的。

经过了树木茂盛的凯拉苏尔山谷里的凯拉苏里村以后，旅行者们穿过了离苏库姆卡雷村二十七俄里的科多尔。马车沿着茂盛的乔林前进，它可以比得上真正的原始森林，古藤缠绕，荆棘丛生，只有用刀斧或火烧才能征服它们。森林里有的是蛇、狼、熊、豺——就像热带美洲的一个角落被扔到黑海的海岸上来了一样。可是开垦者的斧头已经在砍伐世世代代杳无人迹的森林，由于现代工业的需要，这些高大的树木很快就会消失，被作为房屋的大梁或船只的骨架。

这个地区的首府是奥特舍姆西里，它包括科多尔；萨姆尔扎庭——海边的许多重要村镇，位于两条水流之上；伊罗里——它在拜占庭时期修建的教堂值得欣赏，可是因为没有时间就看不成了。这一天走过了加吉达和安纳克利法，是辕马奔跑的时间最多、距离也最长的日子。所以在晚上将近十一点钟的时候，旅行者们终于到达了阿布卡西亚的边界，涉水渡过因古尔河，又走了大约二十五俄里就到了库塔伊斯行政管辖区的省份之一明格雷利亚的首府勒杜卡雷。

夜里仅仅剩下的几个小时用来睡觉。可是不管多么疲乏，范·密泰恩还是很早就起来了，他想在出发之前去游览一下总是对自己有好处的。可是他发现阿赫梅起得和他一样早，而凯拉邦大人则还睡在这家旅馆里。

"都已经起床了？"范·密泰恩瞥见就要出去的阿赫梅时问道，"年轻的朋友想陪我在早晨一起散散步吗？"

"我没有时间，范·密泰恩先生。"阿赫梅答道。"我准备路上吃的食品。我们马上经过俄罗斯和土耳其的边界了，在拉齐斯坦和安纳托利亚的沙漠里可很难搞到吃的东西！我一刻也不能耽误了！"

"做完这些事情以后，您不是还有几个小时可以支配吗？"

“做完这些事情以后，范·密泰恩先生，我要去检查我们的马车，找一个修理工来把几个螺母紧一紧，给车轴上油，检查一下马嚼子是否松开了，更换一些蹩脚货，不能到了边界时才修理！我想把马车修好，打算让它和我们一起走完这次十分惊人的旅程！”

“好！不过在你做完这些事情之后呢？……”范·密泰恩又问道。

“做完了这些事情，我还要去换驿马，到驿站去解决这些问题！”

“很好！不过做完这些事情呢？……”范·密泰恩依然说道，他始终没有放弃自己的想法。

“做完了这些事情，”阿赫梅答道，“就马上到出发的时间了，我们就开始出发，所以现在我不能陪您了。”

“请等一下，年轻的朋友，”荷兰人又说，“我能向您提一个问题吗？”

“可以，不过要快，范·密泰恩先生。”

“您肯定知道，这个有趣的明格雷利亚省是怎么回事了。”

“差不多一样吧。”

“富有田园诗意的法兹河灌溉着这个地方，它金色的波光反射在耸立在河边的宫殿的大理石台阶。”

“非常正确。”

“流经这里的是神秘科尔基斯河，伊阿宋和他的阿尔戈英雄们在精通魔术的美狄娅的帮助下，从这里夺取金羊毛，看守金羊毛的是一条凶恶的毒龙，和会喷出神火的牡牛！”

“我承认这点。”

“最后，在这里，在这些高耸入云的山岭里，在这块俯视着库塔伊斯城的科莫利悬岩上，伊阿佩托斯和克吕墨涅的儿子普罗米修斯非常勇敢地盗取了天火，被宙斯下令锁在这里，而且还有一只十分恶鹰永远啄食普罗米修斯的肝脏！”

“没有比这更真实的了，范·密泰恩先生——不过我要再说一遍，我现在很忙！您什么时候能说完?"

"这是最后一句话，年轻的朋友，"荷兰人露出非常亲切的神情说道，"在从明格雷利亚直到库塔伊斯的这个地方多住上几天，对这次旅行会十分有好处，而且……"

"是这样，"阿赫梅答道，"您是向我们建议在勒杜卡雷多住一段时间?"

"哦！最多四五天就够了……"

"您也会向我的叔叔凯拉邦提这个意见吗?"阿赫梅非常狡黠地问道。

"我！……我不会，年轻的朋友!"荷兰人回答说，"这会成为一个讨论的题目，自从那次令人遗憾的水烟筒辩论以来，我向您保证，我再也不会和他发生任何争论了。"

"您这样做很聪明!"

"可是，现在我不是在对十分可怕的凯拉邦，而是在对我和蔼年轻的朋友阿赫梅说话。"

"这不对了，范·密泰恩先生，"阿赫梅握着他的手答道，"您现在根本不是对您的年轻的朋友说话!"

"那我是在对谁说话? ……"

"对阿马西娅的未婚夫，范·密泰恩先生，而您很明白阿马西娅的未婚夫是一刻也不能停留的!"

阿赫梅说完就去忙自己的事情了。十分沮丧的范·密泰恩只好在忠实但使人泄气的布吕诺的伴随下，在勒杜卡雷村里作了一次没有任何教益的散步。

中午时旅行者们已准备好了。马车经过仔细的检查和修理，完全能够在非常良好状态下长途赶路。储备食品的箱子都被装满，在这方面根本没有什么可担心的了，不管走上多少俄里——或者不如说"阿加尺"，因为在旅途的后半部马上穿过土耳其的亚洲省份了。不过阿赫梅是个小心的人，只会为免除了食物和交通方面的一切担忧而高兴。

看到旅行马上平安无事的结束，凯拉邦大人很满意。当他在博斯普鲁斯海峡的左岸，讥讽奥斯曼当局颁布不公道的税收法令的时候，他身为"老土耳其人"的自尊心会得到十分的满足，这一点是不用怀疑的。

最后，勒杜卡雷离土耳其边境大约不到九十俄里，最多二十四小时，最固执的奥斯曼人就会重新站上奥斯曼帝国的土地。他马上要到家了。

"上路，侄儿，愿真主安拉仍然保佑我们！"他心情高兴地喊道。

"上路，叔叔！"阿赫梅答应着。

两个人在车厢里坐好，范·密泰恩也马上跟着上去，他还试图瞥见希腊神话里的那座高加索的山峰，普罗米修斯曾在上面为自己的渎神付出悲惨的代价！

他们在劈啪的鞭声和健壮的辕马的嘶叫声中出发了。

大约一个小时以后，马车通过了在 1801 年起归属明格雷利亚的古里埃尔的边界。它的首府波季是黑海的重要港口，这里有铁路通向格鲁吉亚的首都第比利斯。

道路慢慢向上伸向一块十分肥沃的原野。随意分布着一些村庄，房屋分散在种着玉米的田野上。没有比这种房子更奇特的了，它们是用麦秆编成的，非常像一个篾匠的工艺品。范·密泰恩要把这个特点记载在他的旅行记事簿上，当他在穿越古代的科尔西德的时候，期待的可不仅仅是这类毫无意义的细节！总之，当他到达波季的利翁河的河岸时可能会更加幸运，那里因为那条河就是古代的法兹河，如果他是个不错的地理学学者的话，那么它就是伊甸园的四条水流之一！

过了一个小时，旅行者们已经停在从波季通向第比利斯的铁路面前，这里有距离萨卡里奥车站一俄里的一个铁路与道路相交的道口。如果想走近路，从河的左岸到达波季的话，这里就是必经之路。

所以辕马就停在关闭的道口拦木面前。

主车厢的玻璃窗是放下的，凯拉邦大人和他的两个同伴就能通过窗户直接看到眼前发生的事情。

车夫开始对道口看守人喊，这人开始根本没有露面。

凯拉邦又把头伸出车门。

"这个该死的铁路公司，"他喊道，"你们不会想耽误我们的时间吧？为什么用拦木挡着车子？"

"可能是有一列火车马上要开过来了！"范·密泰恩说。

"为什么有一列火车要来？"凯拉邦反驳说。

车夫还在不停喊着，但是丝毫无结果。没有任何人出现在看守人的小屋门口。

"让真主安拉拧断他的脖子！"凯拉邦愤怒吼叫起来，"他如果再不来，我自己就把它打开！"

"耐心点，叔叔！"阿赫梅说着用手拉住了准备下车的凯拉邦。

"耐心？……"

"看，那个看守人来了！"

的确，道口看守人从他的小屋里出来，不紧不慢地向辕马走去。

"我们可以过去？"凯拉邦十分生气地问道。

"你们当然可以过去，"看守人答道，"波季的火车大约要过十分钟才来。"

"那就打开您的拦木，不要耽误时间！我们着急赶路！"

"我马上就给你们打开。"看守人答道。

他说完后先推开那一头的拦木，然后来推马车前面的拦木，不过动作都是慢吞吞的，对旅行者们的要求漠不关心。

凯拉邦大人已经非常不耐烦了。

道口总算完全打开了，马车迅速穿过铁道。

正在这时从对面来了一队旅客。一位土耳其人骑着一匹高头大马，在四个骑兵的护送下也要越过道口。

这明显是个非常重要人物。大约三十五岁，高高的身材，身上具有在亚洲人当中很少有的庄重。面容英俊，一双在激情燃烧时才充满活力的眼睛，额头阴沉，黑黑的胡子一直垂到胸前，一口洁白的牙齿，两片紧抿的嘴唇；总之是一个非常专横的人，他由于自己有权有势，习惯于实现自己的一切愿望，达到一切目的，任何反抗都将会遭到最大限度的镇压。在非常接近于阿拉伯人的土耳其人的本性之中，还存在着许多野蛮的成分。

他穿着一件非常简单的旅游服，是按照富裕的奥斯曼人的样子裁剪的，他们是亚洲人。他穿一件深颜色的长袍，是为了想要掩盖他的富人的身份。

当马车来到道口当中的时候，和这队骑兵碰个对面。由于拦木很窄，马车和骑兵不能同时通过，因此必须有一方退回去。

他们都停了下来，可是看来这位陌生的大人并不愿意让凯拉邦大人过去。土耳其人对土耳其人，事情就可能十分麻烦。

"靠边！"凯拉邦向骑兵们大声喊道，他们的马头顶住了辕马的马头。

"您自己靠边！"他们针锋相对，好像决心寸步不让。

"我是先到的！"

"那好，您就在我过去以后再过去！"

"我不会让步的！"

"我也不会让步的！"

嗓门被提高了，这样争论下去恐怕情况不妙。

"叔叔！……"阿赫梅说，"这有什么必要……"

"侄儿，这很有必要！"

"朋友！……"范·密泰恩说。

"不要烦我！"凯拉邦答话的声调让荷兰人坐在角落里纹丝不动。

这时看守人也加入进来，喊道：

"你们快点！快一点！……波季的火车马上要来了！……快一点！"

但是凯拉邦大人好像没有听见！他打开车门，走到铁道上，后面紧紧跟着阿赫梅和范·密泰恩，布吕诺和尼西布也赶紧从小车厢里下来。

凯拉邦大人愤怒地向骑士走去，并且一把抓住了他的马缰绳：

"您给不给我让开？"他粗暴地吼道，已经控制不住自己的情绪了。

"绝对不给你让！"

"我们走着瞧！"

"瞧什么？……"

"您难道还不认识凯拉邦大人！"

"您也没听过萨法尔大人！"

他的确是萨法尔大人，在南高加索各省匆匆游览以后正要到波季去。可是萨法尔这个名字，这个在刻赤驿站里抢走了马匹的人的名字，更加剧了凯拉邦的怒火。向这个他已经咒骂了很长时间的人让步，决不可能！他宁可让他的马脚把自己踩死也不会让路。

"哈！您原来就是萨法尔大人？"他吼道，"那好，请你向后退，萨法尔大人！"

"向前走！"萨法尔说着示意随从的骑兵让开通路。

阿赫梅和范·密泰恩知道没有任何理由能使凯拉邦让步，就马上过来帮他的忙。

"赶紧过去！赶紧过去吧！"看守人不停地喊着，"快过去吧！……火车来了！"

虽然还看不到被弯道挡住的火车，可是大家都的确听到了火车头呼啸的声音。

"退后！"凯拉邦大声吼道。

"退后！"萨法尔大声吼道。

这时火车头发出了尖厉刺耳的鸣笛声。看守人更加惊慌失措，摇着旗子想拦住火车……太晚了……火车转过了弯道……

萨法尔大人眼见自己已经来不及通过道口，马上退了回去。布吕诺和尼西布也跳到旁边去了。阿赫梅和范·密泰恩抓住凯拉邦，也急忙把他拖走，车夫则赶紧拉住他的马使劲推到拦木外面。

这时火车飞驰而过，但还是撞上了未能完全避开的马车后部，把它碾成碎片后立刻消失了，火车上的旅客甚至没有任何人感觉到与这个小障碍的碰撞。

凯拉邦大人怒不可遏，想向他的对手扑去，可对手却高傲地牵着马穿过铁道，甚至还对他不屑一顾，带着他的四个随从，骑上马在另一条沿着河的右岸的路上很快消失了。

"胆小鬼！卑鄙的家伙！……"被他的范·密泰恩朋友拉住的凯拉邦大声喊着，"如果我碰到他！……"

"是啊，不过在碰到他以前，我们没有驿站马车了！"阿赫梅看着被甩在铁路外面已经不成样子的残骸说道。

"算了！侄儿，算了！我还不是先过来了！"

这是只有凯拉邦才说得出来的话。

此时几个在俄罗斯负责监视道路的哥萨克人跑了过来，他们看到了发生的一切。

他们走到凯拉邦面前，用手抓住了他的衣领。凯拉邦对这件事表示抗议，他的侄子和朋友的干预没有任何效果，这个最固执的人就进行了更猛烈的反抗。他在违反铁路管理规章以后，处境会由于抗拒当局命令而变得更加恶化。

哥萨克人就跟警察一样不讲任何道理。对他们的反抗也不会很长时间。不管凯拉邦大人在火头上干了些什么事情，他是被带到萨卡里奥车站去了，阿赫梅、范·密泰恩、布吕诺和尼西布还在粉碎的马车面前发呆。

"我们现在的处境真太美妙了！"荷兰人说道。

"还有我的叔叔呢！"阿赫梅说，"我们不能把他丢下吧！"

大约二十分钟以后，从第比利斯来的火车到达波季，在他们眼前驶过。他们注视着……

在一个很小房间的窗户上，出现了凯拉邦大人蓬头散发的脑袋。他被气得满脸通红，眼睛充血，怒不可遏，这不仅是因为他被抓了起来，而且也是第一次，这些残忍的哥萨克人要强迫凯拉邦坐火车旅行！

但最重要的是不能让他单独留在这种困境之中，必须马上使他摆脱由于他的固执才导致的尴尬局面，以免耽误不能按时回到斯居塔里。

所以阿赫梅和同伴们丢弃没有任何用处的马车，租了一辆大车，让车夫把他的马套上，快速地在通向波季的道路上疾驰。

六公里的路很快就到了。

阿赫梅和范·密泰恩刚到镇上，马上跑到警察局，要求让不幸的凯拉邦立刻恢复自由。

他们在警察局里知道了事情的前因后果，使他们对这个犯了轻罪的人，对会不会再耽误时间都比较放心了。

凯拉邦大人违章在前，抗拒警察在后，付了一大笔罚款后又被交到哥萨克人的手里，正在被押送出境的路上。

必须尽快和他会合，并且为此要弄到一种交通工具。

至于萨法尔大人，阿赫梅想了解他究竟怎么样了。

萨法尔大人刚刚离开波季。他刚刚登上了在小亚细亚停靠的轮船。但是阿赫梅没法弄清这个高傲的人究竟要到什么地方去，只是看见了地平线上那艘把他带向特拉布松的轮船的最后的航迹。